糟糕壞老師

兇巴巴

THE WORLD'S WORST TEACHERS

大衛・威廉（David Walliams）著
東尼・羅斯（Tony Ross）繪

晨星出版

David Walliams
大衛・威廉幽默成長小說

大衛・威廉繪本

————— 蘋果文庫 138 —————

糟糕壞老師：兇巴巴
The World's Worst Teacher

作者：大衛‧威廉（David Walliams）
繪者：東尼‧羅斯（Tony Ross）
譯者：蔡心語

編輯：呂曉婕 ｜ 文字校對：呂曉婕、蔡雅莉
封面設計、美術編輯：鐘文君

負責人：陳銘民 ｜ 發行所：晨星出版有限公司 ｜ 行政院新聞局版台業字第 2500 號
總經銷：知己圖書股份有限公司 ｜ 地址：台北市 106 辛亥路一段 30 號 9 樓
TEL：(02) 23672044 / 23672047 ｜ FAX：(02) 23635741
台中市 407 工業 30 路 1 號 ｜ TEL：(04) 23595819 ｜ FAX：(04) 23595493
E-mail：service@morningstar.com.tw
晨星網路書店：www.morningstar.com.tw

法律顧問：陳思成律師
郵政劃撥：15060393 ｜ 知己圖書股份有限公司
讀者服務專線：02-23672044、02-23672047
印刷：上好印刷股份有限公司
出版日期：2022 年 02 月 15 日 ｜ 定價：新台幣 350 元
二刷日期：2023 年 06 月 10 日

ISBN 978-626-320-022-7
CIP 873.596 110017827

線上填回函，立即獲得
50 元購書金。

大衛·威廉

東尼·羅斯

獻給全世界最棒的
三位老師：
George Paxton
Patrick Carpmael
Jim Grant

獻給我的所有老師，
感謝他們無盡的耐心。

親愛的讀者，

糟糕壞小孩系列已有三本問世：《糟糕壞小孩：髒兮兮》，接著是書名極富想像力的《糟糕壞小孩:氣嘟嘟》，還有想當然爾的下一本《糟糕壞小孩:鬧哄哄》。

在以上三本書中，有無數可怕孩子的故事，他們是壞中之壞、渣中之渣。有下流的、貪吃的、骯髒的、虛榮的、鬼祟的、愛挑毛病的、懶惰的、愛作威作福的、自大的，當然，還有最駭人聽聞的一種，就是愛吹牛的。

全世界各地的孩子們期待已久的復仇時刻到了，這次他們可以永遠抹去大人自命不凡的得意笑容。

這叫風水輪流轉。

這本書正是《糟糕壞老師:兜巴巴》，收錄十個關於老師的故事，糟糕壞小孩跟他們比起來，簡直成了唱詩班小孩一樣純潔無瑕。這本書集合了有史以來最可惡討厭的大人，這些老師是每個孩子最可怕的惡夢。

所以，要是你敢，就接著往下讀吧。

David Walliams 大衛‧威廉

成績單

我要在此感謝以下完全沒有任何貢獻的這群人：

人物	評語	成績
Ann-Janine Murtagh 執行出版人	Ann-Janine 覺得工作妨礙她聊天。	不及格
Tony Ross 我的繪者	整天都在塗塗畫畫，Tony 需要振作起來，做一些像樣的工作。	死當
Paul Stevens 我的文學經紀人	Paul 正在害某個村莊失去一位超級大白癡。	死當
Charlie Redmayne 出版商執行長	妄想自己是高階主管，大家都要聽他的，Charlie 需要全面醫療照護。	不及格
Alice Blacker 編輯	Alice 為自己設定的標準非常低，最後低到她達不到。	不及格
Kate Burns 發行總監	KATE 已經來到人生最低點，現在開始只好往地底下挖了。	死當
Samantha Stewart 主編	輪子還在轉，但倉鼠已經累死了。	不及格
Val Brathwaite 創意總監	只顧著吃課本。	死當

人物	評語	成績
David McDougall 藝術總監	趴在辦公桌睡覺，地上流了好幾灘口水。	不及格
Sally Griffin 設計師	Sally 對環境超有興趣，整天都盯著窗外。	不及格
Matthew Kelly 設計師	Matthew 專心的時間跟蝌蚪專心的時間一樣久。	死當
Elorine Grant 藝術副總監	她不在時真令人高興，最高興的是她永遠都不在。	不及格
Kate Clarke 設計師	在一班三十個人當中，凱特第三十一個到。	死當
Tanya Hougham 有聲書編輯	Tanya 任重道遠，而且離得愈遠愈好。	不及格
Geraldine Stroud 公關主任	各科滿分，好個超級學霸。	表現優異

David Walliams 大衛・威廉

校長的話

親愛的先生／女士：

　　本人近日收到來函，邀請我為大衛・威廉先生全新著作《**糟糕壞老師：兇巴巴**》寫序，故在此親自提筆回覆。

　　您說得沒錯，威廉先生就讀**驚嚇屁孩學校**時，我確實是該校校長。威廉臭名遠播，我運氣背到極點，才會教到這麼可惡的學生。他很粗魯又很吵雜，動不動讓人火冒三丈，他的惡劣有目共睹。不管是各科表現或寫作，這個學生都沒有絲毫天分。所以，他的笨也一樣有目共睹。

　　即使年僅十歲，威廉先生也已經是個大塊頭，每次都會把椅子坐垮。然而我印象最深刻的還是他身上的味道，只能用「**臭酸**」形容。

　　不管走到哪，威廉小朋友身後都會留下一股連眼睛都看得到的臭味。那是一大團又綠又黃又棕的濃烈氣體，聞起來比看起來還要糟，哪怕只是看都相當噁心。

　　威廉先生膽敢寫《**糟糕壞老師：兇巴巴**》，簡直令我大驚失色，但話又說回來，我也沒訝異到哪裡去。只不過，他要不要考慮寫一本《**糟糕壞學生：壞光光**》？因為那才是他的真面目。當然，經我再次檢視他的成績單，對於威廉先生是否有本事寫書，我表示高度懷疑。

英文老師凡特對他的評語：「威廉的故事寫作技巧奇差無比，他的拼字和文法糟糕透頂，字跡難看至極，我不禁懷疑他的故事是不是描述有個女孩穿著男生的衣服去上學之類的胡說八道，總之，他好像在寫外星語。」

同時，歷史老師賽加這樣說他：「大概是有史以來最笨的孩子，昨天他舉手發言，告訴我世界上只發生過一次世界大戰，戰爭的名字就叫二次世界大戰。」

至於科學，康朵克老師寫道：「他完全不了解人體運作，就一個只會說屁話的孩子而言，這也沒什麼好訝異的。」

法文老師寇德賽的評語如下：「呆到不能再呆的小孩，唯一想學的只有『巧克力』的法文，可是大家都知道巧克力的法文是『chocolat』。」

身為校長，我為他打最後一份成績單，為他在本校的學習做個總結：「威廉糟糕至極，他沒有一次考試及格，我絕對絕對不要再看到他回學校。這個小丑要是膽敢再踏進本校，將會引發暴動。這場暴動會由我率領全校教職員，把整個學校都拆了，必要的話我們會一磚一瓦地拆。」

一想到威廉先生，我就會恨不得以自焚來結束生命。所以，對於您邀請我為《糟糕壞老師：兇巴巴》寫序，我的答覆如下：雖然我一直都吃素，但我寧可吃掉自己的腳，也不要寫這篇序。

請勿再來信，否則我會報警。要是警察不受理，我就找軍隊來。

憤怒得無以言喻，

氣噗噗小姐
驚嚇屁孩學校校長

目錄

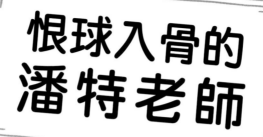

恨球入骨的 潘特老師

球

是球

還是球

聖球學校的
數學老師

恨球入骨的
潘特老師

　　從前，有位名叫潘特的數學老師。他看起來確實是一般的數學老師，戴著金邊眼鏡，穿著棕色西裝，頭髮因為半禿而梳著「瞞天過海」的髮型。雖然如此，潘特老師絕對和你平常遇到的那些數學老師完全不同。

恨球入骨的潘特老師

哦，不！他可是其中一位糟糕壞老師。因為潘特老師醒著的時間都耗在可怕的強迫症中。

球。

他對球可說是深惡痛絕。

但是這種對球狀物體奇怪的偏執是從哪裡來的呢？

故事要從潘特老師小時候說起，大家很容易忘記老師也曾經是小孩，但他們都曾經是。

有些寶寶一看就知道他們註定要當老師，因為生下來就皺著眉頭，總是對事情不滿意。

一般寶寶　　　　　　老師寶寶

米曹米羔 壞老師

只要把寶寶潘特放到嬰兒床，他會開始數上方的珠子有幾顆。不久，他已經會拿字母造型的義大利麵在牆上拼出複雜的**數學方程式**。還在學走路的時候，已經開始出代數題目給父母寫，他們深知小兒子將來註定會成為數學老師。

有天，年僅 10 歲[1] 的數學大師潘特發生嚴重的意外。

這個男孩的頭被球打到。

不是一般的球。

1　10 是 2×5，也是 7+3，還有 20-10 或 50÷5 算出來的數字。

是拆樓球！

在所有球當中，這一顆一定是最大也最重的。畢竟它是一顆需要用起重機甩動，用來破壞建築的鋼球。

砰！磅！轟！

註定要成為數學老師的潘特大師，可沒有閒工夫玩玩具、遊戲或者任何相對有趣的事物，這也是意料中的事。這個熱愛數學的孩子整天泡在乘法表、質數、分數、二次方程式、三角學和長除法裡，長除法對多數一般人來說可是最**最恐怖**的。[2]

一個下雨的午後，數學社團活動結束後，潘特大師走在回家的路上。數學社是全世界最無聊的社團，事實上，潘特大師是社團唯一的成員。其他無聊到可以跟數學社一較高下的社團還有：

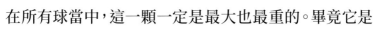

2　在某些國家，長除法是一種酷刑。「不！不！不要長除法！什麼都可以，就是不要長除法！我說我說！我認罪就是了！」

米曹米羔 壞老師

標點符號社

佇立水中社

編籃入門社

鐵道迷匿名社

暗中呆坐交流社

乾瞪眼白牆社

三角錐鑑賞社

拉丁！拉丁！拉丁社！

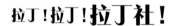

潘特大師剛剛在數學社學了圓周率的知識，圓周率的符號是 π，又稱為三點一四。圓周率本身就比它的讀音（ㄆㄞ）更無聊，而它的讀音簡直無聊到可以引發一場災難。這是一個數學常數，是圓周周長和直徑的比率。[3]

聽到想睡了嗎？

「呼嚕嚕！呼嚕嚕！呼嚕嚕！」

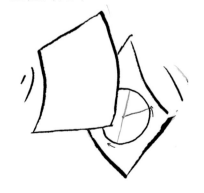

3　我承認，寫這句話前我還特別去查了一下，因為我以前上數學課時都在做有關蛋糕的白日夢。

恨球入骨的潘特老師

如果真的睡著了，那就晚安囉！

如果還沒睡著，那就繼續讀下去……

走在路上時，潘特大師看見一個大鋼球，他著急地想算一算這個圓周長和直徑比率什麼鬼的，所以開始翻找鉛筆盒裡的尺，結果沒注意到那顆大鋼球急速朝他甩過來。

呼 咻 咻！

它正要摧毀他身後一整條街的舊公寓，大鋼球沒有打中舊公寓，反而重重地撞上男孩的頭，**很大力，超級大力。**

匡噹！

潘特大師當場被撞暈了過去，他整個人高高地拋向了空中。

他飛了不多不少恰巧三點一四英里，真有意思，然後撞破了一間後院的小屋屋頂。

3.14英里

匡啷！

咚！

嘩啦！

糟糕壞老師

潘特大師昏迷了整整一週後才清醒,他發現自己躺在醫院,頭上包著繃帶,痛得要命。

「**好痛!**」他叫道,「我的頭好痛。」

這位男孩必須包著繃帶整整六個月,他的樣子看起來活像尿布包在頭上。

「哈!哈!尿布小鬼!」其他小孩笑道。

「**哼!**」他哼道。

自從那次重大意外發生後,潘特厭惡所有的球。看到任何圓形物體都會勾起大鋼球的可怕回憶。

喔郎!

所以,潘特大師長大後當上數學老師,在 聖球學校 任教,他很沮喪地發現校內有球,有很多很多球,每個球都會令他想起這輩子最悲慘的一天。

恨球入骨的潘特老師

這裡有球，那裡有球，到處都有球。操場上，足球、網球甚至乒乓球都會從各個角度朝他彈過來。

咚咚咚！咚咚咚！咚咚咚！

只要看到球，他就會瞪大雙眼，眼珠子都快要掉出來了，他會氣得臉色發紫，怒氣讓眼鏡起霧，瞞天過海的髮絲也會一根一根翹起來。

「球！」潘特老師會大叫，然後口吐白沫。

這位老師對球恨之入骨，於是在 聖球學校 每個地方貼滿警告標語，每面牆、每扇門和每扇窗上都有。甚至在食堂歐巴桑的屁股也貼了一張。

在操場不准玩球！

學校方圓一百英里內禁止玩球！⁴

4　最後這條規定很難強制執行，即便如此，身為數學老師的他，清楚地知道地圖上以學校為中心的方圓一百英里涵蓋了哪些範圍。當然囉！他是用圓規和尺量出來的。

潘特老師只要看到球就沒收，然後將所有球鎖進長廊盡頭那個專放球的特製櫥櫃裡，就在他的教室隔壁。櫥櫃上的牌子印著：

惡魔球櫥櫃
警告：內有惡球

多年來，潘特老師在裡面堆了成千上百個大大小小的球，幾乎沒有空間可以再塞球進去了。

若有學生膽敢問他：「老師，求求您，把球還我可以嗎？」老師會先竊笑一番，然後回答：「當然可以，孩子！」

「謝謝老師。」

「等我一下，可以嗎？」

然後他把手伸進櫥櫃裡，把學生要的球拿出來，再用藏在掌心的圓規戳破球。

噗！

球裡的空氣開始洩漏出來，像有人慵懶地放了一個屁。[5]

5　這是一種不疾不徐的放屁方式，它可以持續幾秒、幾分、幾小時、幾天、幾週、幾月，甚至在極端的例子中持續幾年。放這種屁很難嫁禍給別人。又短又急的屁通常是個意外，只要對旁邊的人狠狠一瞪，就可以嫁禍給對方了，這是一個好朋友教我的。

　「拿去吧！」潘特老師會咧嘴笑著說道，然後將扁掉的球還給學生。

　終於有一天，潘特老師把全校所有的球都沒收了，他開始變本加厲，現在所有**球狀物體**都被列入他的違禁品清單。他會在學校來回巡邏，看見圓的東西一律沒收。

　彈珠。

　「**球**！這些是我的了！」

　學生的彈跳球。

　咚咚咚！

　「球！沒收！」

園丁嘴裡的大糖球。

「球！給我吐出來！」

地理教室的地球儀。

「球！校內禁球！」

食堂裡一顆看起來很可疑的豌豆。

「球！那顆豌豆有可能傷到一隻眼睛，要留意！」

史泰德校長脖子上的珍珠項鍊。

「球！校長！球！妳應該比大家更清楚規定！球！」

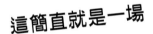

這簡直就是一場

沒收大進擊！

潘特一連沒收了很多球，大豐收「強強滾」，
這真是奇怪，因為他痛恨「圓滾滾」的球。

直到有一天，讓人頭大的事情發生了。一個名叫羅蘭的
男孩剛好頭型很圓，讓潘特為此憤怒。

「球！你那顆圓滾滾的頭

嚴重違反校規！」

恨球入骨的潘特老師

「可是，老師！」羅蘭抗議。「我的頭長得很圓又不是我的錯！這是天生的！」

「沒有可是，孩子！**你和你的頭都被沒收了！**」

潘特說完，把男孩抱起來，把他夾在腋下，穿過長廊，將他塞進球櫥。

咯吱！咯吱！咯吱！

上鎖！

叩！叩！叩！

「放我出去！」男孩叫道。
「拜託！我還要考試！」

「在你的頭變得比較方形以前，不能出來！**球！**」

這次想當然耳，聖球學校 的學生已經忍無可忍了。他們的朋友羅蘭到現在還在球櫥裡，他們氣炸了，在潘特老師的專制之下，恐怕都活不下去了。

糟糕壞老師

全校最叛逆的學生是一位名叫**布婷樺**的女孩,她人如其名,「**不聽話**」的行徑完全表現在制服上……

大髮圈

極細的領帶

短版西裝外套

流行樂團的徽章

塗得亂七八糟的書包

蓬蓬裙

笨重的鞋子

五顏六色的襪子

她決定召開全校學生的祕密會議,禁止老師參加。**布婷樺**上課時在死黨耳邊說悄悄話:「傳話下去,所有人放學後來公園集合。」

恨球入骨的潘特老師

一個傳一個。

傳話內容很快就變調了。

「公園集合，放學所有人之後。」

「在公園之後集合，所有人在學校。」

「學校所有人集合，在公園之後。」

然而，放學鐘聲一響……

叮鈴！

孩子們像河流般
一擁而入。

布婷樺爬上攀爬架頂端，
向所有同學們發表演說。這個女孩
生來就擅長煽動，她的語調熱切，
具有能量，讓聽眾熱血沸騰。

糟糕壞老師

「潘特老師把所有球都沒收，大家是不是都受夠了？」她大喊。

「對！」群眾歡呼。

「你們想不想把羅蘭救出球櫥？」

「想！」

「我們是不是該全體向潘特老師報仇？」

「是！」

「大家一起，好不好？」

「好！」

布婷樺詳細說明她的計畫，是一個相當聰明的計策，但需要 聖球 每位學生扮演好各自的角色才會成功，而且一定要完美無暇地執行。

那天下午，孩子們離開公園時，全都為明天即將發生的事興奮不已。

隔天，午休鐘聲響起。

叮鈴！

學生們從校舍走出來，魚貫進入操場，潘特老師照例在巡視有無違反規定的學生。

「球！球！球！」他喃喃自語，目光掃視著。

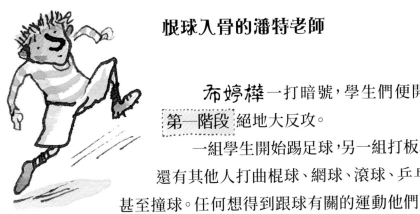

恨球入骨的潘特老師

布婷樺一打暗號,學生們便開始

第一階段 絕地大反攻。

　　一組學生開始踢足球,另一組打板球。

還有其他人打曲棍球、網球、滾球、乒乓球

甚至撞球。任何想得到跟球有關的運動他們

都打,而且玩得盡興,又吵又鬧。

　　「射門得分!」

　　「比賽結束!」

　　「傳球!」

　　只不過,所有人的球類比賽中都

沒有球。

　　一個都沒有!

　　幾百個小孩全都一起參與這場盛大的惡

作劇!每個人都在默劇表演,假裝打球!

　　當然,潘特老師對這計謀毫不知情。他怎麼可

能知道大家在搞什麼鬼呢?這位老師只看到所

有學生追球、踢球、滾球、擊球、撞球。問

題是……他看不到一顆球！

潘特老師像烈焰滾滾的火山一樣爆發了。

他氣得滿臉通紅。

耳朵冒出熱氣。

眼睛像沸騰的開水激烈地滾動著。

「球！球！**球！球！球！**」他一直喊叫，最後拚命地嘶吼：**「這到底是在搞什麼？」**

「什麼東西在搞什麼？老師？」**布婷樺**悄悄走近他，一臉無辜地問道。

「全校都在玩……」他連ㄑ這個音都要發不出來了。

「ㄑ一ㄑ一ㄑ一ㄑ一ㄑ一**球！**」

「我知道，潘特老師，大家都違反您的規定，真是糟糕透頂！」

「我知道，我知道，我知道。難道他們沒看到警告標語嗎？那裡！那裡！**那裡！還有那裡！**」

他抓狂似地指著他在操場上貼的數百張警告標語。

「老師，也許您需要貼更多警告標語？」**布婷樺**竊笑提議著。

「不！不！不！」他大吼。「這些討厭的小壞蛋明

嚴禁球類

禁止玩球

要說幾次你才會記住？
絕對不能不能不能帶球！

明看見我的警告標語了！只不過我今天沒看到任何一顆球。

球！」

「老師，您說什麼？」**布婷樺**儘可能一臉懷疑。

「球在哪裡？」

「您的意思是說，您看不到球？」她裝作不知情地問

道。

「看不到！」他高聲說道。

「那真是太奇怪了，老師，明明到處

都有球啊！」

「看啊，老師！那裡就有一個！」

她說道，指向空空的地方。潘特犀

利的目光沿著她指的方向看過

去。

「球！

在哪裡？」

他質問。

「我看不到任何一顆球!」

「又有一顆了!那裡也有一顆!還有另外一顆!」

「球!球!球!哪裡?哪裡?哪裡?」

「那裡!那裡!那裡!」她答道。「球的速度太快,看起來只是一團模糊的影子,如果您追上去,我相信就能看到!」

潘特老師把皮公事包交給女孩,深吸一口氣。

「拿著這個!」他命令。

「樂意之至,老師!」

老師開始繞著操場跑,嘴裡大喊:

「零比二!」有個孩子叫道。

「出局!」另一個孩子喊道。

「球球球球球球球球球球球球球球球球球球球球球球球球球球球球球球球

「全倒!」第三個孩子吼道。

潘特老師活像追著自己尾巴的狗狗。

恨球入骨的潘特老師

他跑向左邊。

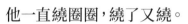

他跑向右邊。

他跑向前方。

他跑向後方。

他一直繞圈圈，繞了又繞。

他甚至跳起來攔截想像中的球。

「哼！」

然後往地上一撲，

想要阻止另一個滾動的球。

「噢！」

他跳上乒乓球桌阻擋第三顆球。

「嗒！」

桌子無法承受他的重量，斷裂⋯⋯

匡噹！

它塌了下來，

把潘特老師摔在地上。

砰！

他繞著操場滾動。

「球！球！**球！球！球！球！**」他開始喃喃自語，一直重複，彷彿已經精神失常。

「球！球！**球！球！球！球！**」

午休結束的鐘聲響起。

叮鈴！

極力掩蓋小朋友的笑聲……

「嘻嘻！嘿嘿！**嘿嘿！**」

所有孩子開始收拾想像中的球，然後朝教室奔去，準備上課。

「再見，老師！」布婷樺叫道。「希望您有找到您的球！」

這句話引發一串孩子們的笑聲。

「哈！**哈！哈！**」

「球！球！**球！球！球！球！**」他還在碎唸。

恨球入骨的潘特老師

校舍頂樓有扇窗戶開啟，史泰德校長
探頭出來叫道：

「潘—特！」

「什麼事，球？我是說校長。」
他站在操場上喊回去。

「我付你優厚的薪資不是請你來
躺在地上的！老兄，快起來！起來！
起來！起來！」

潘特老師掙扎起身。

「校長，真的很抱歉。球！」

「最好有啦！現在去上課！立刻去！不准再說『球』。」

「球！我是說，好的。球！」

所有學生都擠在窗前，臉貼著窗戶，張大眼睛興高采烈
地目睹這一切。

是時候啟動 第二階段 計畫了。

潘特老師頭昏腦脹、搖搖晃晃地走過
空蕩蕩的操場，布婷樺見狀便下令：

「就是現在！」

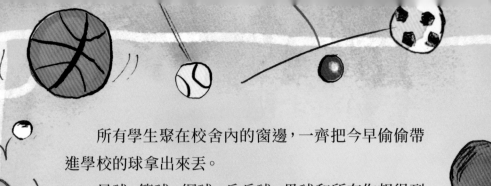

　　所有學生聚在校舍內的窗邊，一齊把今早偷偷帶進學校的球拿出來丟。

　　足球、籃球、網球、乒乓球、壘球和所有你想得到的球都落在操場上。

咚咚咚！咚咚咚！咚咚咚！

　　它們在潘特老師周遭彈跳，有些還打中他的頭。

咚咚咚！咚咚咚！咚咚咚！

　　「球！」他大叫。潘特老師心想，這可能只是幻覺，於是伸出手撈球。「球！球！球！球！球！球！球！球！球！」

　　他抓住幾顆球，但其他地方還有很多，他沒辦法都用手抓著。他帶著興奮的神情開始把球塞在身上，足球擠進褲管，網球塞進套頭毛衣，板球夾在腋下，籃球夾在下巴和脖子間，還有十幾顆乒乓球也塞進嘴裡。

　　潘特老師看起來活像全身腫脹，他搖搖晃晃走過操場。

「球！球！球！球！球！球！球！球！球！球！球！
球！球！球！球！」他一邊喃喃自語，一邊進入校舍。

當然囉，這位老師的目的地正是他專屬的
球櫥，他把所有沒收來的球都
擺在裡面，並且上了
鎖。只不過，球櫥裡已經
爆滿，可憐的圓頭羅蘭還在裡面。

砰──砰──砰！

「救命！放我出去！我已經被關在
這裡兩天了！我只
吃了一顆發霉的舊網
球！」男孩叫道。

潘特老師一陣摸索，掏出鑰匙打
開門。

「哦！謝天謝地！」羅蘭
高聲喊道。「您終於要放我出
去了！」

「沒有！」潘特屬聲說道。「我要放球！更多的球！」

糟糕！壞老師

潘特奮力把羅蘭和整片球牆向後推，然後塞進更多球。

「球！」

球櫥已經要爆了。

所有學生圍在教室門口探頭探腦地窺視，潘特老師用背頂著門，使出吃奶的力氣，死命要把它關上。

『呼唅！』

他終於勉強關上門再上了鎖，這位老師高興地露出笑容。

「**球！**」他自言自語。

恨球入骨的潘特老師

這時球櫥內巨大的壓力已經來到臨界點。

喀啦！

「老師?」**布婷樺**站在教室門口喊。

「**球**!我是說,什麼事?」

「還有一顆,老師!」

她說著把一顆超級無敵大的海灘球推過去。

轟隆轟隆！

潘特老師急忙撲上去。

「**球**!逮到你了!」

他用鑰匙打開球櫥,以便將最後一顆球也鎖進去。

結果證實這麼做實在大錯特錯。

他一開門，羅蘭隨著幾千顆球，瞬間向外衝了出來！

砰磅轟隆！

所有東西都滾到走廊上。

咚咚咚！咚咚咚！咚咚咚！

球的浪潮來襲！潘特老師被大浪掃到，學生們趕緊關上教室門，透過玻璃窗看見老師被球浪捲過走廊。

羅蘭拚命跳上置物櫃上方。

他總算安全了。

「**萬歲！**」所有小孩齊聲歡呼。

砰！

「已經兩天了，我非上廁所不可！」

老師滾過男孩身邊，他便對老師說道。

呼！咻！

「球！」潘特老師叫道。

球浪把他沖下樓梯，穿過幾扇門，來到操場。

「救命哪！」潘特叫道。

全校都在主要大樓裡觀看，但沒人幫得上忙。

「球球球 球 球球球球球球球球球球球球球球球球球！」

潘特老師大叫，被球浪捲出校門。他沿路滾下去，一直滾出城外。球浪直達遠方，載著潘特老師一齊遠行。

再也沒人見過這位數學老師。

從那天起，[聖球學校] 的學生過著快樂的日子，他們終於可以愛怎麼玩球就怎麼玩球，但他們都很難過。

為什麼呢？

因為他們真的很想念惡整老師的美好時光……

不然的話，上學是為了什麼呢？

愛放閃的
樂愛夫婦

在大家記憶中，樂愛老師一直都在 聖華倫廷
學校教英文。他的每件衣服看起來都像是老媽親
手編織的，其實真的是這樣。這位先生永遠繫著針
織領帶，穿著羊毛衫和蘇格蘭粗呢西裝。

愛放閃的樂愛夫婦

　　有一天，學校來了一位新歷史老師，名字是朵愛。她的每件衣服看起來都像是用窗簾做的，其實真的是這樣。這位小姐喜歡穿碎花連身裙，從脖子一路連身到腳踝的那種。

　　兩人簡直是天造地設的一對。

　　朵愛老師上班第一天被分派執行課間巡邏勤務，樂愛老師也是。 聖華倫廷學校 的所有學生都在玩耍，兩隻愛情鳥則初次相遇。

　　一開始，他們太害羞，只敢飛快瞄一眼對方，接著馬上移開視線。然而，他們對眼的時間變得愈來愈久，愈來愈久，最後乾脆直接深情地凝望彼此的眼眸深處。

他們周圍飄著從樹梢上落下的紅葉與棕葉。

啪嗒！

一陣風撫著他們的頭髮，在空中飛揚。

呼！啪！

十幾把小提琴的奏樂聲從音樂教室傳來。

啦──嘀──啦──噹！

莎士比亞的《羅密歐與茱麗葉》是史上最浪漫的劇作，當中著名的陽台相會場景就在演奏廳裡排演著。

「小聲些，窗口透出的是什麼亮光？那是東方，茱麗葉就是太陽。」[6]

6　這個故事幾乎跟經典小說《鼠來堡》（Ratburger）當中伯特與吸辣的愛情故事一樣浪漫。

愛放閃的樂愛夫婦

　　兩人的心跳快到就要炸開了，再也無法壓抑內心的衝動了。樂愛和朵愛老師張開雙臂，朝對方跑去。他們宛如瞪羚般急速奔過操場，把擋路的小孩全撞飛。

糟糕壞老師

兩人終於抱在一起。

抱住！

他們緊緊相擁，彷彿從開天闢地就在世界上尋找彼此，

終於在這裡找到了靈魂伴侶。他們欣喜若狂，淚如泉湧。

「嗚嗚嗚！」

嘔！

很噁心，對不對？

還有什麼比一個老師愛得死去活來更讓人想吐？

吐！

答案很簡單——

就是兩個愛得死去活來的

老師。

雙倍催吐力！

這場天雷勾動地火

的一見鍾情只是序幕，樂

愛老師很快就開始在歷史

教室外走來走去，為了送給朵

愛老師飛吻。

「姆啊！」

噁！

至於朵愛老師，她也一樣動不動就跑到英文教室，為樂愛老師送上一杯茶和一片自製維多利亞鬆糕。

蓉蓉蓉！

嘔嘔嘔！

有天，他總共吃了二十七片蛋糕，只好去保健室報到。

不久，這對熱戀中的老師開始在學校長廊的兩端對彼此獻出愛的呼喚。

「我已經開始想妳了，**我親愛的彩虹**。」

他會這麼說，即使她剛剛離開五秒鐘而已。

好想吐！

「下課見，我深愛的英俊王子。」她會喊回去。

太噁了！

聖華倫廷 所有學生都覺得這對情侶噁爛到不行。[7]

7 「噁爛到不行」是一個專有辭彙，不妨在你的《威廉辭典》查一下意思。

糟糕糕 壞老師

有時候你靜靜坐在圖書館讀書寫作業，可能會被朵愛老師對樂愛老師發射的口水濃情飛吻波及。

嘩啦！

或是你正在大快朵頤午餐，卻目睹可怕的景象：樂愛老師的臉緊貼著餐廳的玻璃窗，深情款款地凝望著朵愛老師。

嘎吱？

你會把吃下肚的食物全吐出來噴在窗戶上，午餐就這樣毀了。

嘩啦嘩啦！

這真的很糟。然而，情況急轉直下，簡直比糟到不行還非常不行。[8]

兩位老師的浪漫行徑遍地開花又花地遍開。[9] 有一天，樂愛老師當著全校的面單膝下跪。

「需要扶你一下嗎？」朵愛老師問道。

8　這是真實存在的辭彙，你可以在全世界最棒的字典《威廉辭典》裡查到。

9　《威廉辭典》收錄了這個詞，所以它一定是真實存在的。《威廉辭典》從來不會出錯！

愛放閃的樂愛夫婦

「還不用。」他答道。「自從我第一次在操場看見妳⋯⋯」

餐廳裡還有一大堆學生在說話。

「麻煩一下，能不能安靜？我還是聽見有人在說話！麻煩安靜，謝謝！」

全校都安靜下來。

「自從我──啊，這句講過了。朵愛小姐，每次看到妳，我的心就漲滿了喜悅，喜喜又悅悅，喜上加喜，悅上加悅。求求妳，能不能做我的妻子，讓我成為全世界最快樂歡喜的男人？朵愛小姐，妳願意嫁給我嗎？」

他從口袋掏出一枚母親編織的戒指，將它獻給朵愛老師。

歷史老師感動得痛哭流涕。

「嗚嗚嗚！」

「這是願意的意思嗎？」英文老師問道。

朵愛老師說不出話，只好一邊啜泣，一邊點頭。接著換樂愛老師跟著大哭。

「嗚嗚嗚！」

他還跪在地上，看起來不太舒服的樣子。

「好痛！我說真的，能不能拜託妳現在扶我起來？我的膝蓋已經麻掉了。」

＊＊＊

訂好婚禮的日期，全校都被交代要參加。教堂位於河畔，跟學校只有一石之遙的距離，因為太近了，沒有人可以找理由不出席觀禮。

所以女學生被強迫穿上窗簾做的伴娘禮服。

愛放閃的樂愛夫婦

「哈!哈!哈!」男生嘲笑她們。

但他們真不該嘲笑別人,因為他們被迫穿上花童的粉紅色服裝,全都由樂愛老師的母親親手編織。

「嘻!嘻!嘻!」換女生笑他們。

樂愛老師穿著三件式粉藍色西裝,
當然也是母親編織的,整場婚禮
她都在嚎啕大哭。

「嗚嗚嗚!」

糟糕，壞老師

至於朵愛老師，她穿著超大件的蓬鬆禮服，禮服是由窗簾為布料製成的，使得她看起來就像一大坨**鮮奶**油。

雖然學生們不用上學，但沒有什麼比長達九個小時的婚禮更無聊了！這是一場久到讓人坐立難安的婚禮，因為新郎堅持要朗讀一首長達一萬行的情詩，這是他為新娘所寫的。

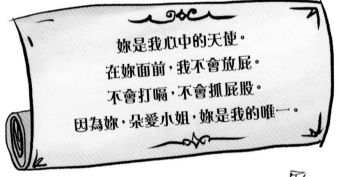

> 妳是我心中的天使。
> 在妳面前，我不會放屁。
> 不會打嗝，不會抓屁股。
> 因為妳，朵愛小姐，妳是我的唯一。

新娘也一樣，寫了一齣長達四小時的歌劇，從頭到尾都在歌頌新郎，她親自以德文演唱。

賓客都開始**點頭如搗蒜**……

「呼嚕嚕！呼嚕嚕！呼嚕嚕！」

愛放閃的樂愛夫婦

滿臉疲憊的牧師終於可以宣布他們結為夫妻。

「我現在宣布你們是樂愛夫婦。」

新娘喜極而泣，淚水如洪水般湧出。

「嗚嗚嗚！」

「我希望這是開心到不行的淚水，我的畢生所愛，我說的對嗎？」新郎問道。

「我從來沒這麼開心過。嗚嗚嗚！嗚嗚嗚！嗚嗚嗚！」

看到妻子哭，樂愛先生也忍不住哭了。

「嗚嗚嗚！嗚嗚嗚！嗚嗚嗚！嗚嗚嗚！嗚嗚嗚！嗚嗚嗚！嗚嗚嗚！嗚嗚嗚！嗚嗚嗚！嗚嗚嗚！」

他們整整哭了一個小時，淚水在地上匯聚成池。

牧師看看錶，嘆了口氣。

糟糕壞老師

「非常抱歉，我後面還有一場洗禮和一場葬禮要主持，所以，能不能請你們快滾？」

兩位老師還在哭。

「嗚嗚嗚！」

「我說了，立刻給我滾！」

牧師拿起聖歌本朝年邁的風琴手丟過去，風琴手早就睡到不省人事了。

「呼嚕嚕！呼嚕嚕！呼嚕嚕！」

咻咻咻咻咻——

砰咚！

「好痛！」

風琴手驚醒，開始演奏《結婚進行曲》。

噹噹噹噹——

噹噹噹噹……

可是這對夫婦沒有動，牧師捲起聖袍的袖子，用盡全力把他們推出教堂外。

「給我滾！」

愛放閃的樂愛夫婦

全校都鬆了一口氣，有史以來最久的婚禮終於結束。

錯了！

它才剛開始。

接下來幾個月，樂愛夫婦將他們特殊的日子延伸延伸再延伸。這兩個真的是糟糕壞老師。樂愛夫婦上課時總是強迫學生重複觀看長達九個小時的婚禮影片。

他們取消學校的《油脂》音樂劇公演計畫，逼迫學生表演樂愛夫婦婚禮上唱過的歌劇。

他們把玻璃櫥窗裡的獎盃獎狀獎牌全部清掉，擺上樂愛太太的**鮮奶油**結婚禮服。

他們在走廊上巧遇時，就會朝對方
投擲五彩紙花。最糟糕的是，樂愛先生會在
每天朝會上朗誦他寫的那首一萬行情詩！

> 為了妳，我將永遠保持真心。
> 沒了妳，我將陷入藍色憂鬱。
> 藍色是指傷心，不是指藍色小精靈。

真正糟到一個不行，但情況即將變得糟又糟。[10]

有一天，樂愛太太的肚子上出現一個腫塊。

「我就要生一個棒透棒呆的寶寶了！」

10　再次提醒，你可以在你的《威廉辭典》裡找到這個辭彙，
　　《威廉辭典》在各大不良書店均有販售。

愛放閃的樂愛夫婦

我不會詳細描述是怎麼回事，反正那個腫塊愈來愈**大、愈來愈大、愈來愈大**，終於有一天，腫塊不見了，換來一個真正的大寶寶。

「嗚嗚嗚！嗚嗚嗚！嗚嗚嗚！」寶寶嚎啕大哭。

「嗚嗚嗚！嗚嗚嗚！嗚嗚嗚！」他的慈愛雙親也大哭。

那個真的很大的寶寶長大，變成一個真的很大的男孩。不久，他成為 聖華倫廷 的學生，身上穿著媽咪做的制服——當然囉，又是用窗簾。

現在學校裡有三個姓樂愛的傢伙了！

樂愛先生，

樂愛太太，以及

樂愛大師。

當然囉，這個男孩是老師的寶貝。

他各項成績都是滿分。

100%　101%　1,000,000%

上英文課時，
他親愛的爸爸每唸
完一個句子，他就
會舉手。

「什麼事？
我天堂來的天使？」
樂愛先生會這麼問。

「爹地？」

「什麼事？親親寶貝？」

「我只是要對你傾吐訴說，**你是全世界宇宙天下**
最最啵兒棒的把拔把鼻比比。」

樂愛先生的眼淚會立刻像洪流噴發。

「嗚嗚嗚，嗚嗚嗚，嗚嗚嗚！我太太太太愛你了，
我的心滿到要爆開了。」

愛放閃的樂愛夫婦

　　然後他會連跑帶跳穿過走廊，去找他太太，把她從歷史教室拉去他的教室。

　　「什麼事？我的好好丈夫？」她會這麼問。

　　「我只是想謝謝妳送給我生命中最棒的禮物。」

　　「那是什麼？拜託快點告訴我。」

　　「就是我們完美到不行的小孩！」

接下來輪到樂愛太太噴淚。

　　「嗚嗚嗚，嗚嗚嗚，嗚嗚嗚！」

　　「媽媽，妳為什麼在哭？」男孩會這麼問。

　　「因為我是天底下最快樂的媽咪。」

這句話會讓男孩也跟著飆淚。

　　「嗚嗚嗚，嗚嗚嗚，嗚嗚嗚！ 那我就是最快樂的兒子！」

　　然後這三個人會抱在一起，哭得更誇張，好像他們是有史以來最幸福歡樂的家庭。

　　「嗚嗚嗚，嗚嗚嗚，嗚嗚嗚！」

真噁！超噁！更多更多更多噁！

糟糕壞老師

樂愛全家要大家知道他們多麼愛家人。於是，某天早上，他們舉行集會，主題是 愛，甜蜜的愛。

這家人參加運動會時，全都穿著一件超大粉紅愛心衣服進入會場，學生們紛紛爆笑。

「哈！哈！哈！」

樂愛先生非常不開心。「請安靜！穿這樣沒什麼好笑的！」

「有，很好笑！」後面有個傢伙叫道。「你們看起來很像**粉紅色夾心餅乾！**」

「哈！哈！哈！」

「我們會穿成這樣是有原因的。」樂愛太太接著說道。「好讓我們跟大家一起讚頌我們家最美好的愛。」

「我們每天早上醒來後，都會花幾小時對彼此傾吐訴說多麼愛對方。」愛樂一朵愛先生繼續強調。

「因此，今天我們要跟全校所有師生分享這份愛。這樣一來，說不定有一天你們也能跟我們一樣相親相愛愛來愛去！」

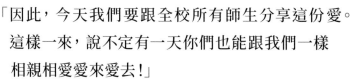

米曹米羔壞老師

「嘔嘔嘔！」全校一起作嘔，這家人真的很討厭。

「哇滴爹地？」

「什麼事？親親寶貝？」

「你的開場大獲全勝，現在就讓這些討厭沒用的小孩看看我們家多麼相親相愛！」

樂愛先生深吸一口氣，轉頭望著太太，開口說道：「每天黎明時分，我都對我太太說：『我愛妳更勝於愛彩虹。』」

接著樂愛太太轉頭對兒子說：「我就會告訴兒子：『我愛你更勝於愛月光。』」

接著樂愛大師轉頭對著父親說：「我會對我的把拔把鼻比比說：『我愛你更勝於愛冰淇淋。』」

然後三個人的淚一起如洪流般噴發。

「嗚嗚嗚，嗚嗚嗚，嗚嗚嗚！」

噁心！

他們就這樣一直哭下去，一直哭，還是一直哭，繼續一直哭一直哭一直哭一直哭。

愛放閃的樂愛夫婦

一直直哭一直直哭一直直哭。[11]

這三個人一直哭了整天！淚水氾濫又氾濫，起初形成小水池，後來變成池塘，再來又變成湖。參加運動會的小朋友很快便發現淚水已經淹到腳踝！

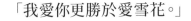

「我愛你更勝於愛雪花。」

「我愛你更勝於愛玫瑰花瓣。」

「我愛你更勝於愛陽光。」

「嗚嗚嗚，嗚嗚嗚，嗚嗚嗚！」

情況危急！全場的人很有可能在淚海中溺斃！

接下來淚海淹到小朋友的膝蓋。

嘩啦！

然後又淹到他們的腰部。

嘩啦啦！

不久更淹上胸部。

嘩啦啦啦！

最後只剩下頭還浮在水面上，他們高聲呼救。

11　最後一次提醒，請在《威廉辭典》查閱這個辭彙！

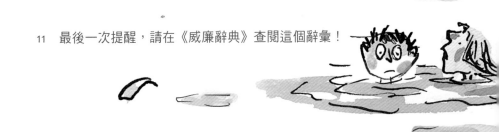

「不要哭了！」

「救命哪！」

「拜託你們！」

「不要！」

「我不會游泳啊！」

他們堆高椅子再爬上去，但淚海一直上升一直上升一直上升，他們被逼得沒辦法，只好爬上柵欄。

「上來這裡！」

「快點！」

「這個地方是我們唯一的希望！」

樂愛一家人沉浸在愛的泡泡裡，完全沒有發現自己製造的大混亂。

糟糕壞老師

事實上，他們完全忘我，根本沒注意到洪水把他們捲走。他們在淚海裡載浮載沈，依然只顧發表愛的宣言。

「我愛你更勝於愛剛出爐的牛角麵包。」

「我愛你更勝於愛海豚寶寶。」

「我愛你更勝於愛剛被爐火烘烤過的溫暖舒適拖鞋。」

「嗚嗚嗚，嗚嗚嗚，嗚嗚嗚！」

淚水又是淚水還是淚水更多淚水氾濫。

最後運動場的門再也關不起來。

愛放閃的樂愛夫婦

愛樂一朵愛一家人被自己的淚水製造出來的大浪衝出運動場。

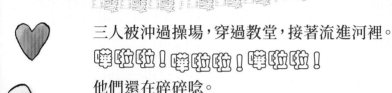

三人被沖過操場，穿過教堂，接著流進河裡。

嘩啦啦！嘩啦啦！嘩啦啦！

他們還在碎碎唸。

「我愛你更勝於愛雙份奶油。」

「我愛你更勝於愛哈姆太郎寶寶。」

「我愛你更勝於愛蒲公英。」

河道很寬，水流湍急，愛樂一朵愛一家人
很快就被沖進遠遠的海裡。

糟糕，壞老師

多年來，聖華倫廷 首度恢復正常。少了這討厭的一家人在場，學校變得平靜多了。

然而，很多很多個月後，某天午休時，食堂的門忽然被人猛力推開。

學生們張大嘴巴，驚愕地呆望。

「嚇死人！」

大家原本以為樂愛一家人早就葬身大海。

哦，不，才怪。

他們還活得好好的。

愛放閃的樂愛夫婦

三個人蹣跚走進來，衣服成了溼漉漉的破布，臉上全都留著又長又亂的鬍鬚。

「你們會很高興發現我們還活著！」三人大叫，震耳欲聾的嗓音破壞了小朋友的安靜時光。

「我們抱著摟著互相取暖！」樂愛大師宣稱。

「我們就靠摟著抱著和親吻熬了過來！」樂愛太太補充說明。

「多虧了愛的神力魔力，我們終於活下來！」樂愛先生下了結論。

樂愛一家人又回來了！而且比以前更變本加屬地樂愛！

現在輪到所有小朋友狂噴淚水的洪流。

「嗚嗚嗚，嗚嗚嗚，嗚嗚嗚！」

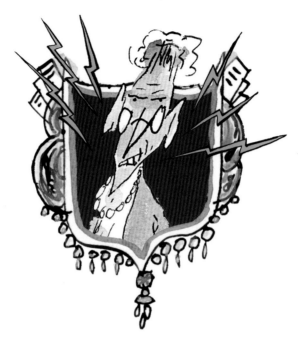

史派克小姐的
恐怖三輪車

　　在全世界的恐怖老師中，有一個因為惡毒本性而特別突出。請上前，或者該說是請滾上前，史派克小姐。

　　這位女士雖然年事已高，但威力絲毫不減，有本事讓 斯博叮咚學校 所有學生心生恐懼。

史派克小姐的恐怖三輪車

史派克小姐的眼睛跟**煤炭**一樣黑，皮膚跟雪一樣白，舌頭又長又細，就跟蛇的舌頭一樣。她說話時，句尾都會出現蛇吐信「嘶嘶嘶」的音，聽起來特別兇惡。

這位圖書館員總是在書架間的走道騎著三輪電動代步車，而且速度飆到最快。小朋友都要趕快跳開，免得被她輾過去。[12]

「啊！」

「救命哪！」

「噢咿！」

12　被電動代步車輾過沒有聽起來那麼好玩，再說這件事聽起來就不怎麼好玩了。

　　儘管很多受傷的小朋友倒在地上，這位圖書館員還是有本事讓圖書館保持不可思議的整齊乾淨。

　　所有書本井井有條陳列架上，嚴格按照字母順序，排成一絲不苟的一直線。 斯博叮咚學校 的圖書館從來沒有出現過一粒灰塵或一點髒污，因為史派克小姐訂了一條嚴厲的規定：

禁止翻閱！

　　警告標語貼在每道階梯上。事實上，說不定館內的警告標語比書本還多。

　　書本只供借出，或者原封不動擺在架上。還書時，這位圖書館員會從抽屜取出放大鏡，徹徹底底檢查一遍，看看有沒有任何髒污或破損。史派克從來沒有失手，永遠可以找到問題。一旦被她發現髒污或破損，你就要賠錢！

　　「一百三十七頁頂端有一條摺痕，嘶嘶嘶。罰款！」

　　「封底因為在陽光下曝晒而褪色，嘶嘶嘶。罰款！」

　　封面摺口上有一塊油膩髒污，看來是大拇指或是特別粗短的手指造成的，嘶嘶嘶。罰款！」

糟糕 壞老師

那台腳踏車，作了以下的改造：

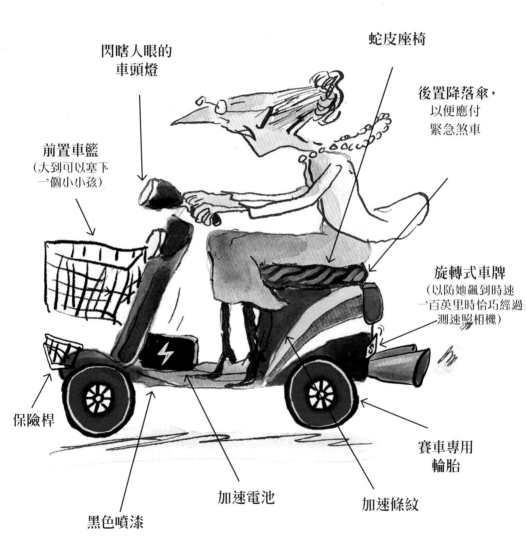

閃瞎人眼的
車頭燈

蛇皮座椅

後置降落傘，
以便應付
緊急煞車

前置車籃
（大到可以塞下
一個小小孩）

旋轉式車牌
（以防她飆到時速
一百英里時恰巧經過
測速照相機）

保險桿

賽車專用
輪胎

加速電池

加速條紋

黑色噴漆

史派克小姐的恐怖三輪車

　　唐氏雙胞胎比學校其他學生用功十倍，他們多麼好學，這輩子從來沒被罵過。所以，若是告訴你他們把書還給圖書館時，上面一塵不染，你也一定會覺得理所當然。

　　不用說，這麼好的表現令史派克火冒三丈，因為這樣一來她就沒有機會罰他們錢了。雖然她早就從別的小朋友那裡搜刮了鉅額財富，但她還是不滿足。

　　然而，一位年老的學校圖書館員要這麼多錢做什麼呢？

　　當然啦，用來改造她那輛電動代步車。一開始就說過了，麻煩用點心好嗎！

　　孩子們給了這台怪獸坐騎一個稱呼：

恐怖的三輪車

史派克小姐的恐怖三輪車

　　為了負擔這些改裝費用，史派克小姐開始在圖書館強制推行當場繳納罰金的制度，她訂了各種超瞎罰則：

遲一秒鐘還書...10 元
悄悄話講太大聲...20 元
對書打噴嚏...75 元
看起來像快要對書打噴嚏...............................65 元
書掉到地上...2000 元
衣服沒穿好...55 元
身體靠著書架...25 元
打呵欠...5 元
一根手指勾住書的頂端，把書從架上弄下來 (X) 而
不是兩根手指慎重地夾住書背再捧起來 (√).........850 元
在圖書館削鉛筆妨礙安寧.................................95 元
吸吮薄荷糖...35 元
帶罐裝氣泡飲料進圖書館 (嚴格禁止)...............125 元
頭型像一顆蛋...15 元
寫字時筆尖發出太大的聲響.............................30 元
麵包屑掉在地毯上...1 元
沒有事先提交書面申請就微笑...........................40 元
身上發出起司的味道.......................................80 元
指節輕扣桌面...85 元
吸的空氣超過你該有的額度.............................90 元
挖鼻屎...50 元
挖鼻屎吃...100 元
挖、舔、捲、彈鼻屎.....................................250 元
放屁...10000 元

　　沒多久，想要踏進圖書館再全身而退根本不可能，你一定會多少被史派克敲詐。因此小朋友都不去圖書館了，對於熱愛讀書的他們來說，這真是非常可惜。[13]

　　史派克整個學期獨自坐在又大又空的圖書館裡，沒有半個人來，她沮喪地捶打桌面。

砰磅！

　　當然，她必須為這個行為支付罰款。

　　她從特製罰款箱取出八十五便士，然後立刻放回去。

叮咚！

　　史派克小姐忽然想到一個好主意。

13　沒能讀到我的著作尤其可惜，我自己是沒有讀過半本啦，不過有人誇獎我寫得超好。

叮！

要是小朋友不來，那她就自己去找他們。於是她跨上
那輛恐怖的三輪車，騎出圖書館的雙扇門……

……衝進校園。

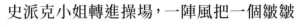

史派克小姐轉進操場，一陣風把一個皺皺
的包裝袋捲起來……

寒寒窣窣！

……剛好吹到她臉上。

「**太棒了！**」

她大叫。

因為史派克小姐
忽然想到一個好主意。

叮！

亂丟垃圾，
當場繳納罰款！

「你，小朋友，嘶嘶嘶，你隨手往背後亂扔的那個巧
克力棒包裝袋，嘶嘶嘶，會把你罰到口袋空空，嘶嘶嘶。」
過了一會兒，她嘶嘶嘶地說著。

「可是，史派克小姐，那不是我的巧克力包裝袋！」
女學生抗議。

史派克小姐的恐怖三輪車

「哦，沒錯，那就是妳的，嘶嘶嘶。」

「不，不是！我發誓，我對巧克力過敏，從來沒有也絕對不會吃巧克力。」

「就在妳強辯的時候，嘶嘶嘶，罰款已經從六十便士增加到七十便士，嘶嘶嘶。」

這個小朋友沒有辦法，只好勉強拿錢出來。

要是不拿錢出來，史派克會繞著操場狂追他們，當然是騎著她那輛恐怖的三輪車。

噗噗噗！

「救命！」

「不！」

「啊啊！」

這部改裝電動代步車最近剛剛加裝了立體聲喇叭，現在史派克小姐可以一邊恐嚇學生，一邊重複播放貝多芬的第五號交響曲（這是她最愛的一首曲子）。

登登登等！

斯博叮咚學校 所有學生沒多久口袋就被搾乾了,每一分錢都進了史派克小姐的口袋,他們無法購買生活中真正重要的物品,比如:

 足球明星卡 髮圈 冰淇淋

口香糖 粗魯的漫畫 放屁整人坐墊

貼紙 臭臭橡皮擦   貢克娃娃 (Gonk)[14]

校內應該要有人出來阻止史派克小姐,斯博叮咚學校只有唐氏雙胞胎沒有遭到她恐嚇取財。

—— 是時候該上演 ——

討厭鬼復仇記。

下課時,雙胞胎坐在操場長椅上,一齊安靜地讀書。這是一本超級厚重的書,他們為了「好玩」而讀它,書名是《火箭科學專家指南》。

14 有人要我告訴你們,這些還有更多東西都可以在拉傑報刊經銷店買到,有些東西是一般價位,其他有些是特價,還有一些則是超低優惠價。

史派克小姐的恐怖三輪車

　　四隻眼睛掃視頁面，吸收每一項難以理解的知識。本來一切都很美好，後來他們聽見那首不同凡響的貝多芬第五號交響曲。

♪♪　**登登登等！**　♫♪♪♩♪

這只會意味著一件事。

　　「噢，不會吧。」唐提姆發表評論。

　　「噢，就是會。」唐湯姆答道。

　　他們抬起頭。音樂大聲宣告著史派克到來，只見她騎著那輛恐怖的三輪車。

　　「火箭科學只好等等再讀了。」提姆說。

　　「看來勢必只能這樣。」湯姆同意。

　　圖書館員在兩人面前煞車，車前的保險桿撞上他們的膝蓋。

砰磅！

　　「好痛！」提姆說。

　　「同上。」湯姆附和。

　　「希望你們沒有撞凹我的電動車，嘶嘶嘶。」史派克小姐嘶嘶嘶地說。

　　「我們也這麼希望。史派克小姐，有什麼我們可以效勞

　「的地方？」提姆彬彬有禮地問道。

　「唷唷唷。」圖書館員開口說道。「看看這裡有什麼？」

　這位女士一手拿著一根長金屬棒，尖端有……

登！登！登！……一張漢堡包裝紙！

　湯姆仔細觀察。「史派克小姐，它看起來非常像**漢堡包裝紙**。」

　「我知道！」她厲聲說道。

　「史派克小姐，很高興為您效勞。」湯姆接著說道，雙胞胎繼續低頭讀書。「祝您今天順利如意！」

　史派克小姐拉下臉來。「問題是，嘶嘶嘶……它怎麼會在這裡？嘶嘶嘶，就在你們的腳邊？嘶嘶嘶。」

史派克小姐的恐怖三輪車

唐氏雙胞胎不解地彼此對望。

「我想，應該是被風吹過來的。」提姆猜道。

湯姆點頭。「小姐，今天是吹西北風，風勢反常地強勁。」

「這個東西在這裡跟我們絕對沒有任何關係，因為我們從來不吃漢堡，我們只吃對大腦有益的食品。小姐，您要來一顆藍莓嗎？」提姆說著從貼著**特百惠**(Tupperware)標籤的保鮮盒裡取出一顆藍莓遞給她。

「還是要吃南瓜籽？」湯姆問道，手伸進公事包裡，摸索他的特百惠保鮮盒。

「**不用！**」史派克聲若洪鐘地說。事情頭一次沒有按照她的計畫進行。「這張漢堡包裝紙就在你們倆旁邊，嘶嘶嘶。這件事必須開罰，要罰五鎊！嘶嘶嘶。」

雙胞胎望著彼此，費力地吞一口口水。

「五鎊？」他們齊聲問道

「每人五鎊。」

「**十鎊？**」

「聽聽，簡直天才！嘶嘶嘶。」她嘲弄。「快付錢吧，不然有你們好看！嘶嘶嘶。」

「可是，史派克小姐。」湯姆抗議。「我們從聖誕節就開始存錢！」

「為了買一本看起來真的好有趣的書，名叫《高等量子力學》。」提姆補充說明。

「把錢交出來！快！」史派克**咆哮**。

雙胞胎看起來快哭了，他們從整齊的黑色公事包中拿出同款皮夾，開始數兩人共有多少錢。

史派克搶走他們手中的皮夾。「這些我全要！」

圖書館員騎著電動代步車迅速離去，她得意地高聲笑著，揮舞手上的金屬棒。

「成功了！嘶嘶嘶，*呼呼呼！* **呼呼呼！呼呼呼！**」
噗噗噗！

可憐的提姆雙眼泛著淚光。

湯姆一言不發地把手帕遞給兄弟。

提姆擦了擦臉，眼看史派克小姐騎著電動車揚長而去，他注意到她的車子尾端。

史派克小姐的恐怖三輪車

「那是什麼?」他問道。

「什麼是什麼?」雙胞胎兄弟問道。

「她裝在後面的黑箱子。」

　　湯姆的視線落在箱子上。只見箱子底部有個開口,就像讓貓進出的活動門一樣。車子每跑幾公尺,活動門就會彈開,然後掉出一個垃圾。

窸窸窣窣!

有**糖果包裝紙**……　　**砰咚**!

　有氣泡飲料罐……　**啪嗒**!

　　有棒棒糖棍……　空隆!

　　　　　　　　　　砰啪!
　　有**塑膠瓶**……

　　　　有擠扁的**軟管**……

　　　　　　這是一扇垃圾活動門!

「湯姆,我不相信自己的眼睛。」
「你應該相信它們,提姆。因為我的眼睛也看見了。」

「史派克自己在亂丟垃圾！真是個可惡的敗類！」

「我們必須通知校方。」

「史派克就是校方。」

「哦，對。我們不能對校方通知校方的問題。」

「不能。湯姆，請見諒，我想我有一個更好的主意。」提姆說道，為自己優秀到不行的智商而**雙眼放光**。「《**火箭科學專家指南**》無意間提供了靈感。」

突然間，湯姆明白了提姆要說什麼，畢竟他們倆是一個模子刻出來的**雙胞胎**。

「你正在想的跟我想的一樣嗎？」他問道。

「英雄所見略同。」

「想必如此。」湯姆同意。

雙胞胎微微一笑，繼續掃視書本的頁面。

雙胞胎不急著施展報復手段，唐家人做事一向按部就班，務必確保

計畫完美無缺。或者更確切地說，確保計畫完美無缺到**嚇嚇叫**。他們每次考試都滿分可不是平白無故得來的。從那天起，他們儘可能遍覽火箭科學群籍，並且盡閱太空旅行

史派克小姐的恐怖三輪車

文獻，甚至週末造訪太空博物館，直到終於準備好為止。

那天早上，唐氏雙胞胎看見那輛恐怖的三輪車停在女廁外，擋住進操場的路。這位圖書館員晨間上大號[15] 長到遠近馳名，常常從早上一直上到下午。雙胞胎知道機會來了，他們有充裕時間為她的電動代步車進行最新改裝。

唐氏兄弟一絲不苟地打造了兩具火箭推進器，裝在大提琴盒裡再偷偷帶來學校。他們迅速將推進器安裝在史派克小姐的電動代步車上。

15 　這裡所謂的長是指時間，不是指排泄物長度。這兩個是完全不一樣的世界紀錄。上大號最久的世界紀錄是三天十一小時二十七分十八秒。紀錄保持人是康絲坦絲・派特小姐。至於世界最長的大便從這一端到另一端長達二點七英里。紀錄保持人是麥爾康・曼戈先生。有趣的是，這對男女在大便頒獎典禮上相遇，隨即陷入瘋狂熱戀。他們生了一個寶寶，希望有一天這個孩子能締造大便最遠的全新世界紀錄，意思是大便離開出口後能掉多遠的距離。

鏗鏘！哐啷！空隆！

雙胞胎剛剛轉緊最後

一個螺絲，就看到史派克小姐

蹣跚走出廁所。他們躲在腳踏車

棚後面，以免被她看到，畢竟沒

有去上課勢必引起她的懷疑。

　　電動車多年來歷經各種稀奇古怪的改裝，

這位圖書館員根本沒有注意到兩邊出現新的圓筒。

她跨上車子，準備發動。

　　這時下課鐘聲剛好響起。

叮！

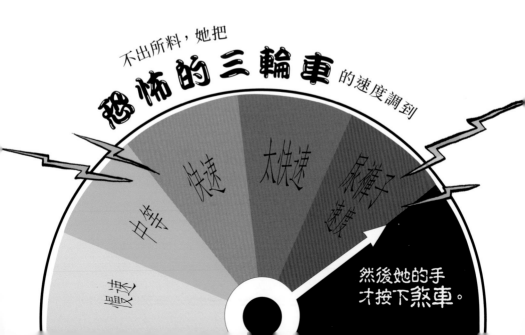

不出所料，她把

恐怖的三輪車的速度調到

慢速　中速　快速　大快速　尿褲子速度

然後她的手才按下煞車。

史派克小姐的恐怖三輪車

唐氏兄弟走出藏身處，試著表現得自然一點。

「早安，史派克小姐！」他們齊聲說道。

「噢，是你們兩個白癡啊！嘶嘶嘶。」史派克譏笑。「你們欠我錢。」

「我們把所有錢都給妳了。」湯姆答道。

「事實上，那天她是用搶的。」提姆說。

「我修正剛才的說法。」

史派克小姐瞇起黑眼。「那天你們亂丟垃圾的罰款是十鎊，嘶嘶嘶。你們的皮夾裡面只有九鎊又九十九便士！嘶嘶嘶。」

「我們一收到零用錢一定會立刻把差額的一便士給妳。」湯姆說道。

「我們隨時都可以把那枚硬幣從小活動門投進去。」提姆說著，指向電動車的尾端。

「我不知道你們在說什麼！」圖書館員駁道。

「哦，我認為妳知道。」湯姆應道。「現在開始請小心騎車。」

「或者我們該說是，請小心飛行？」

「你們這兩個可笑的討厭鬼到底在說什麼？嘶嘶嘶。」她質問。

「時機一到自然明白，史派克小姐。」湯姆說。

「時機一到自然明白。」提姆附和。

這時所有學生都從教室來到操場。

「又有一堆又一堆可怕的小孩可以輾了！嘶嘶嘶。一定會很好玩，嘶嘶嘶。」

「確實如此。」雙胞胎微笑答道。

史派克扳開一個鈕，喇叭立刻大聲播放貝多芬第五號交響曲。♫♪登登登等！♫♪♫♪♪♪

圖書館員鬆開煞車，訝異地發現兩個火箭推進器發動了。

「搞什麼……?」

轟隆！

輪車一飛**沖天**。
衝衝衝！

她嘴裡的難聽字眼還來不及罵出來，
火箭推進器就噴出火焰和黑煙。

「不不不不不不！」
她大叫。

「棒棒棒棒棒棒！」
全校齊聲歡呼，
眼看可怕的圖書館員從頭頂上方飛出去。

咻咻咻咻咻！

史派克不斷上升、上升、再上升，

穿過雲層，紅光與金光照亮天際。

短短幾秒鐘，她已經衝破地球的大氣層。

火箭推進器脫離，跳傘回操場。

喀砰！

咿噹！

咿噹！

史派克小姐只能死命抓著電動代步車，
保住可愛的小命，
結果她就這樣一直飄過太空。

「救命！」

她放聲尖叫，但她已飛得太遠，沒有人聽得見。

現在，你一定會很樂意學習一項太空知識：
太空是個充滿了各種碎屑與殘骸的地方。不僅
有隕石，還有以前圍繞地球運行的太空船、衛星
和太空站留下的各種碎片。

咚咚！

噹噹！

砰磅！

　　至於我們的英雄唐氏雙胞胎，他們依然安全地待在地球上，抬頭仰望天際。

　　「幹得好，唐提姆。」

　　「我正想這麼說，唐湯姆。」

　　「我想她真的叫我們討厭鬼。」

　　「沒有什麼比這更棒的讚美了。」

　　他們因為這場仗打得漂亮而握手慶祝。

　　「要不要吃南瓜籽？」湯姆提議。

　　「別介意我有一樣的提議。」提姆答道。

　　他們邁步走開，嘴裡嚼著有益大腦的食物，
一同前往 ♟ 西洋棋社。♟

人體藝術品賽
康賽特老師

好得嚇嚇叫

美得冒泡

人間極品

單調中學
藝術老師

人體藝術品
康賽特老師

　　康賽特老師認為自己就是一件藝術品。不過呢，她穿著電藍色長靴，戴著橘色帽子，穿著黃色洋裝，繫著飄逸的粉紅色領巾，裙子底下是一雙黑白相間褲襪，整個人看起來其實比較像甘草糖大會串。

人體藝術品康賽特老師

　　她在學校教藝術，校名叫做 單調中學 。這所學校顧名思義相當單調，只有一間教室例外，也就是藝術教室。康賽特老師把這裡當作聖殿，供奉她自己，整個地方色彩繽紛。她把個人肖像掛在牆上展示，這位老師「謙遜地」將自己融入世界最知名的畫作。

　　這幅畫裡的她成了義大利畫家李奧納多·達文西（Leonardo da Vinci）的《蒙娜麗莎》（Mona Lisa）。

　　那幅畫裡的她則是荷蘭畫家約翰尼斯·維梅爾（Johannes Vermeer）的《戴珍珠耳環的女孩》（Girl with a Pearl Earring）。

　　墨西哥女畫家芙烈達·卡蘿（Frida Kahlo）的《戴著荊棘和蜂鳥項鍊的自畫像》（Self-Portrait with Thorn Necklace and Hummingbird）現在換上康賽特老師的臉對著你。

　　義大利畫家山德羅·波提且利（Sandro Botticelli）的《維納斯誕生》（The Birth of Venus）被改名為《康賽特老師誕生》。

糟糕壞老師

美國藝術家喬治亞‧歐姬芙（Georgia O'Keeffe）畫的花朵，正中央忽然換上康賽特老師的臉。

她在挪威畫家愛德華‧孟克（Edvard Munch）的《吶喊》（The Scream）畫面上變成光頭。

荷蘭畫家文森‧梵谷（Vincent van Gogh）的著名自畫像中，他的耳朵包著繃帶，現在它成了康賽特老師的畫像，她還在耳朵貼了膏藥。

波蘭女藝術家塔瑪拉‧德‧藍碧嘉（Tamara de Lempicka）的《塔瑪拉駕駛綠色布加迪》（Tamara in a Green Bugatti）被畫成了《康賽特老師駕駛棕色寶馬迷你》。

這當中最嚇人的恐怕是康賽特老師把自己衝浪的樣子放進日本浮世繪大師葛飾北齋的《大浪》中。

藝術教室的正中央有一尊比實物還大的雕像，原本應該是義大利雕刻家米開朗基羅（Michelangelo）的《大衛像》（David），

人體藝術品康賽特老師

現在換上她的臉，並更名為《康賽特老師的
康賽特老師》。

　　她只准許學生們畫她，其他主題一概
禁止！她會命令他們一直一直畫她，直到
他們終於能完全掌握她的「**極致之美**」
（這是她自封的）為止。可憐的學生
錯過下課和吃飯時間，放學後還
得留下幾小時，甚至連週末也泡

湯，要一直畫到她滿意為止。她儼然是
埃及法老，他們就是她的奴隸，為了讓
她永生不朽，日以繼夜沒命地操勞。[16]

　　有一天，電視新聞播報快訊，全國將
舉行兒童藝術大賽。國內每所學校的學童都受邀參加本次
的藝術普及兒童大賽，簡稱「**藝普賽**」。康賽特老師在
教職員辦公室看見這則新聞，頓時歡天喜地，高興到把
咖啡**噴**得校長一身都是。當時多爾校長正在安安靜
靜玩字謎遊戲。

嘩啦
「嘔！」

16　在古埃及，成千上萬奴隸因為打造金字塔而死。金字塔
是皇室專用的巨型陵寢。本節歷史課免費！

她在食堂跳舞。

她
沿著長廊
一路側手翻。

她在圖書館跳
凌波舞。

她在操場跳
彈簧單高蹺。

她在歷史教室
飛踢。

她在科學教室
昂首闊步行走。

她在足球場
跳狐步舞。

她在攀爬架周圍
跳恰恰。

她踮起腳尖走過廁所。

人體藝術品康賽特老師

「讚！」康賽特老師叫道，繞著教職員辦公室狂奔。

『答滴登滴登滴答！』

不久，單調中學所有人都見識到她有多麼興奮。

康賽特老師知道她可以靠這場賽事打出知名度。

比賽前

比賽後

從今以後，她不再只是校內傳奇人物——她將聞名全球。康賽特老師終將被譽為有史以來最偉大的藝術老師！

單調中學 會被拆除，換上她的巨大金色雕像。

藝普賽的規則相當簡單，學童必須合力創作一件藝術品，可以是畫作，也可以是雕刻，或者任何種類皆可。獲勝作品將在風靡又顛覆全球藝廊展出，簡稱**風顛廊**。

糟糕壞老師

於是，在這項賽事公布的當天早上，| 單調中學 | 朝會時，康賽特老師**輕快地**走上台。

「同學們，是我，你們最謙遜的藝術老師康賽特是也。」她開口說道。

禮堂各處響起一些學生的嘀咕聲。

「噢！」

他們才不信。她只是裝出謙遜的樣子，大人通常都這樣。康賽特老師就跟**雷克斯霸王龍**一樣謙遜低調。

其他同學則無聊地打呵欠。

人體藝術品康賽特老師

畢竟這位老師本來就無聊到讓人屁股整個麻掉。[17]

「大家今早或許都在電視上看到了。」她接著說道。「政府即將舉行校際藝術競賽，也就是藝術普及兒童大賽，簡稱藝普賽。」

「哈！哈！哈！」

所有學生瘋狂大笑，但康賽特老師不明白「**藝普賽**」三個字有什麼好笑的。

「獎品既非金錢，亦非名聲，眾所皆知，吾於此二者毫無所戀。」

一堆嘀咕聲再度浮現。「噢！」

「對我來說，最了不起的獎品就是造福後代！在風顛廊占有一席之地。」

「哈！哈！哈！」

一向正經八百的康賽特老師再度不明白「**風顛廊**」到底有什麼好笑。

「現在，我要你們這群靈感無限、超凡偉大而天地讚嘆的學生們全部參加這項比賽，好讓我——我的意思是，讓 單調中學 被我們稱為地球的這個星球上每個角落讚頌。」

---

17 單調中學 有一些非常嚴重的屁股麻掉事件，事實上，很多學生因此住院治療。

學生們可不樂意，這對他們來說等於是加重負擔。

「我們一定要參加嗎？」

「不公平！她每次都叫我們多做一堆苦差事！」

「她根本就是為了自己！」

「她不能乖乖夾著尾巴**滾蛋**嗎？」

「我寧可吃掉自己的襪子。」

「極是！極是！」這位老師叫道，彷彿認定大家都在為她歡呼。「現在，同學們，我要你們大聲告訴我，大家認為本校應該推出怎樣的參賽作品？」

一陣興奮頓時在禮堂內如漣漪般傳了開來。這似乎是一次調皮搗蛋的大好機會！最棒的就是，如果全校一起調皮搗蛋，老師就沒辦法責罰大家。你總不能罰所有學生放學留校！[18]

18　當然啦，除非你是希絲副校長——她的故事將在後面登場。

人體藝術品康賽特老師

「用**鼻涕**打造一個大怪物的雕像怎麼樣?」後面有人喊道。

「哈!哈!哈!」

「哈!哈!哈!」

康賽特老師拉下臉來。「籲請諸位單單提供適切之建言。」

「不!不!不!」皮蛋海的中央有個聲音叫道。

「善哉,善哉。如此,吾以為愚昧之提議已足。因此,我,康賽特老師,你們最謙遜的藝術老師,將在此做出決定是也。這件藝術品就是⋯⋯」

康賽特老師為了製造戲劇效果,故意久久停頓。

「⋯⋯我!」

「不!」

「噓!」

「作弊!」

「別又來了!」

「好個天大的驚喜啊!」學生們叫道。

　　就連原本在教職員辦公室的撲克臉多爾校長也被嚇得打翻咖啡,全身溼透,也加入批評聲浪。

　　「好大一坨從天而降的屎啊!」

　　他一邊下結論,一邊把康賽特老師的最後一點咖啡從耳朵裡擦掉。

　　當然嘍,康賽特老師本來就打著如意算盤,這件藝術品就是她!

　　「如此極好,那就這樣說定了!我們將在操場集合,每節下課和每個午休都要,直到完成這件作品是也!」

　　「噢!」學生們呻吟。

　　「 單調中學 ！願汝共襄盛舉,吾等將摘下耀眼的星辰!」

　　她說著忽然轉了一圈。

　　登愣!

嘩嘩!

人體藝術品康賽特老師

第一節上課鐘響，學生魚貫走出禮堂。康賽特老師轉圈後，一時之間不曉得該怎麼辦，便僵在某個姿勢，看起來就像一尊**雕像**。

針對接下來即將發生的事來看，這真是個奇怪的預兆。

經過這次歡樂的朝會後，學生在第一節下課開始創作藝術品。康賽特老師負責指導，一切就從操場中央的小型木造底座開始。

「這件作品將以**混凝紙漿**打造！」康賽特老師宣布。當然，她說到紙漿這兩個字時，刻意模仿法文腔調，其實她可以簡簡單單用正常國語發音說出來。這位老師講到「這裡封死」、「那裡連起來」，甚至講到「**乳霜**」，也都用法國腔。她之所以成為地球上最討人厭的傢伙，這只是眾多原因的其中之一而已。

「我們，呃，我是說，你們要一起合作，做出一個我的大型混凝紙漿雕像，亦即爾等最愛藝術老師康賽特是也！」

她把學生需要的工具和材料全找齊了，有好多**顏料**和**畫筆**、一大捆**舊報紙**、一捲用來圍雞籠的**鐵絲網**，還有一大桶**壁紙膠水**。

米曹米盖壞老師

「諸位學子，此事頗易，你們已經做過幾千個混凝紙漿模型是也。我們，我是說，你們要打造這座模型，然後我們，你們，再為它上色。動起來！**速速進行**是也！」

學生全部慘叫。

「噢！」

他們每節下課和午休被迫勞動，放學後還要一直做到天黑。這個情形持續了好幾天、好幾週和好幾個月，所有作品都被康賽特老師否決。

人體藝術品康賽特老師

「不行！不行！還是不行！」她會大喊。「你們沒有捕捉到我的極致之美！重做！**重做**！」

不用說，學生很快就受夠了，他們暗中策劃要對付藝術老師，打算一勞永逸地解決她。

就和大多數祕密計畫一樣，這一切都從**愛麗希娜**開始，這位有火紅頭髮的高瘦女孩是大家公認 單調中學 最調皮搗蛋的學生。

「老師？」大家為**藝普賽**開工幾個月後，某天午休，這位女孩開口提問。

「什麼事？來，嗯，先別說。」老師應道，開始自誇。「我很自豪，單調中學 每個學生的名字我都銘記在心是也。妳叫可琳？」

糟糕！壞老師

「不是！」女孩答道。

「翠芙？」

「不是！」

「穆罕默德？」

「才不是！是愛麗希娜。」

「哦，對，當然啦，這個名字的發音聽起來非常像穆罕默德。如此，請接續汝之發言……」

「謝謝老師。」女孩嘻嘻笑道。「是這樣的，我們這些小孩在想，大家實在沒有本事把你的紙雕像做好，我們已經一試再試、試了又試。」

「到現在還在試。」老師補上一句。

「那是因為我們用雞籠鐵絲網打底，雞籠鐵絲網根本不能正常發揮，不能傳達您那無邊無際上天下地極致之美……」

「所言甚是，所言甚是。」康賽特老師高興地說。「由衷之至。」

人體藝術品康賽特老師

「如果我們能用您來打底,那就會相當逼真了。」

愛麗希娜瞪著其他同學,不准他們笑,否則立刻會露出馬腳。康賽特老師慎重考慮這個提案,臉上閃過一抹憂慮。

「我?」

「沒錯,您。」女孩應道。

學生們真是幸運,藝術老師被虛榮心沖昏頭了。

「此乃絕妙好計!」她溫柔親切地說,滿心期待地雙手緊扣。「就把我自己變成一件藝術品吧!」

學生們高高興興地開始將報紙撕成長條……

再將紙條丟進**壁紙膠水桶**中。

撕!

嘩啦!

接下來,他們急切地圍著藝術老師,迫不及待要開工。

「等一下!」老師叫道。

「不行!」**愛麗希娜**嘶聲說道。

「我們正蓄勢待發。」

「吾亟需構思絕妙姿態。」

糟糕壞老師

老師開始嘗試擺出許多特別姿勢。
首先，她擺出表達善良意象的姿勢。

> 雙手合十
> 祈禱狀

接下來把手放在眼睛上方
遮擋強光，就像在凝望未來。

> 瞭望遠方狀

然後，老師裝作用手
托著下巴。

> 陷入深沉思考

但以上這些姿勢沒有
一個讓她滿意。

人體藝術品康賽特老師

「同學們，你們認為有什麼姿勢最能捕捉我的謙遜之美？」

大家都拚命抓著頭苦苦思索。[19]

「我有個主意！」**愛麗希娜**聲稱。

「妳說，可琳。我是說，翠芙。我是說，穆罕默德。黛薇！就是這個名字！黛薇！」

「最謙遜的姿勢莫過於……半蹲！」

「半蹲！此乃吾之絕妙好計是也！」老師說著便緩緩彎下腰，做出半蹲姿勢。

這個姿勢活像她正準備要往地上的洞進行**清腸**之舉。過了一會兒，康賽特老師發表意見：「噢噢，這個姿勢讓我覺得不太舒服。」

「我們會盡快完工！」**愛麗希娜**說道，開始催促其他小孩加快動作。

單調中學 的學生們用最快速度把藝術老師全身貼滿沾了壁紙膠水的報紙條。

啪嗒！嘩啦！劈啪！

19　他們抓的當然是自己的頭，不然那會很詭異。

「嗷！嗷！嗷！」每次有一條溼透的紙重重貼上她的身體，老師就會痛喊。

康賽特老師很快就從頭到腳都被報紙包起來。

「吾意欲吾之混凝紙漿雕像碩大無朋。」她宣布，聲音隔著黏黏的報紙透出來，變得有些模糊。「以便展示我是老師中最偉大的，這是我謙遜的意圖。」

「沒問題！」**愛麗希娜**應道。
「您最希望的是萬古流芳嘛！」

人體藝術品康賽特老師

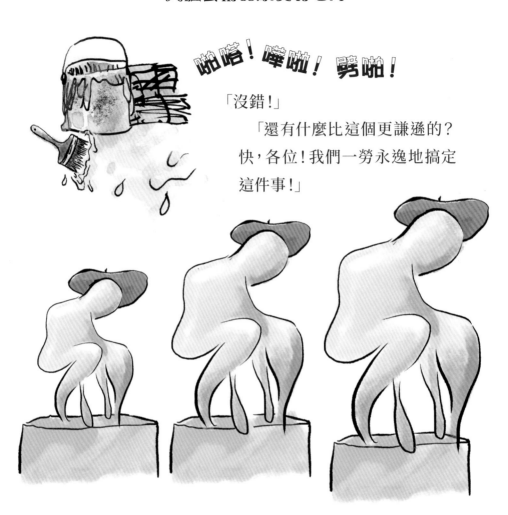

啪嗒！嘩啦！劈啪！

「沒錯！」

「還有什麼比這個更謙遜的？
快，各位！我們一勞永逸地搞定
這件事！」

雕像愈來愈大、愈來愈大、愈來愈大，
到最後跟校舍一樣高。

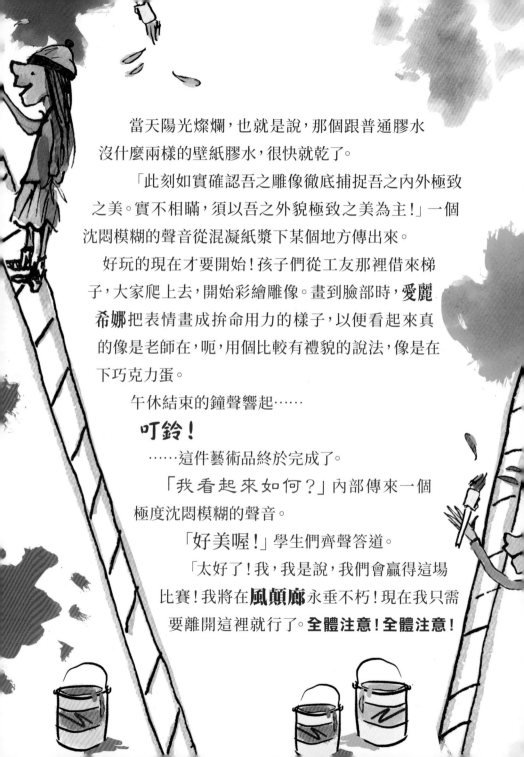

當天陽光燦爛，也就是說，那個跟普通膠水沒什麼兩樣的壁紙膠水，很快就乾了。

「此刻如實確認吾之雕像徹底捕捉吾之內外極致之美。實不相瞞，須以吾之外貌極致之美為主！」一個沈悶模糊的聲音從混凝紙漿下某個地方傳出來。

好玩的現在才要開始！孩子們從工友那裡借來梯子，大家爬上去，開始彩繪雕像。畫到臉部時，**愛麗希娜**把表情畫成拚命用力的樣子，以便看起來真的像是老師在，呃，用個比較有禮貌的說法，像是在下巧克力蛋。

午休結束的鐘聲響起……

叮鈴！

……這件藝術品終於完成了。

「我看起來如何？」內部傳來一個極度沈悶模糊的聲音。

「好美喔！」學生們齊聲答道。

「太好了！我，我是說，我們會贏得這場比賽！我將在**風顛廊**永垂不朽！現在我只需要離開這裡就行了。**全體注意！全體注意！**

我困住了!不不不不不!」

　　「很抱歉,老師!」**愛麗希娜**答道。「我們要去上課了!不能遲到!」

　　「嘿!嘿!嘿!」學生們都吃吃地笑起來。

　　愛麗希娜沒有去上課,而是繞過去校長室。

　　砰!砰!砰!

　　「等一下!」多爾校長叫道,迅速把字謎遊戲藏在桌子底下。「進來!」

　　「謝謝校長。您應該會很高興知道,參加**藝普賽**的藝術品今天總算完成了!」

　　「終於!這椿傳奇事蹟已經進行好多個星期了。」

　　「校長,是好多個月。」

　　「有這麼久?好吧,既然已經完成,應該可以讓康賽特老師安靜好一陣子了。非常好,孩子,我會立刻派人把它包裝好,這樣我們的操場又可以用了。」

　　「謝謝校長。」

　　「快跑去上課吧。唔,走廊不能奔跑,妳就努力向前走吧。」

　　　　「好極了,校長。」

她一離開，多爾校長立刻回去繼續玩字謎遊戲。

當然，**愛麗希娜**沒有告訴校長，康賽特老師還在那件藝術品裡面！

所有學生聽見一輛大卡車開進操場的聲音，紛紛跑到教室窗邊觀看。

轟隆！

嗶嗶嗶！

嗶嗶嗶！

雕像被擺在卡車後車廂。

哐噹！

接著車子開走了。

轟隆！

「嘿！嘿！嘿！」學生們在竊笑聲中目送卡車駛出校門。愛麗希娜班上的同學都高興地拍她的背表示讚許，她臉上煥發自豪的神采。

人體藝術品康賽特老師

　　一週後，全國藝術大賽在電視上宣布結果，全校都來到禮堂觀看。

　　「將永遠擺在風顛藝廊展出的藝術品是——」主持人為了製造戲劇效果，刻意放慢速度——「《半蹲的藝術老師》，由 單調中學 學生創作！」

「萬歲！」

　　大家高聲歡呼。

　　愛麗希娜叫得最大聲。「讚！」

　　就連多爾校長也稍微雀躍了一下。

　　「萬歲！」

　　然而，有個聲音反常地安靜，就是康賽特老師的聲音。她已經失蹤很多天了。

糟糕，壞老師

後來，變成失蹤好幾個星期，好幾個星期變成好幾個月，好幾個月又變成很多年。只有 單調中學 學生知道他們的藝術老師被封進自己的雕像裡。

所以，如果你曾經到風靡又顛覆全球藝廊（又稱**風顛藝廊**）戶外教學，務必把你的耳朵貼在**藝普賽**雕像上，這是一座單調中學學生獲獎的藝術品《半蹲的藝術老師》。你說不定會聽見裡面有個悶悶的聲音在說：「救命！救命！放我出去！吾之身軀再難堅持此一姿態！」

康賽特老師的夢想已經成真。

這位老師成了一件**人體藝術品**。

非常巨大的一個！

懼洛德博士的
千屁椅

這是一篇恐怖故事。

你還敢讀下去?

不敢?那麼趕快翻到下一篇故事。

敢?你已經聽見我剛才的警告了,要是晚上做惡夢,不

懼洛德博士的千屁椅

要怪我！

懼洛德博士是曾經橫行地球的老師中最恐怖的一位。

他是半人類半怪物。

這位老師為他的恐怖外表洋洋得意，他最愛看到 垃 山學校 所有學生被他嚇到。他們每次看見他都嚇得落荒而逃，他就會得意地笑起來。

懼洛德博士的臉永遠**皺**成一團，好像一顆憤怒的**胡桃**，臉上還戴著**單邊眼鏡**。那副模樣活像只有一顆眼珠，宛如獨眼巨人。

他留著長長的紅色鬢角，
這種造型又稱為「**羊排**」，
鬢角一直延伸到下巴。
他的鼻子和耳朵都爆出
紅毛，好像一團野火。

他的牙齒又長又尖，
　　就像**狼牙**。
他的鼻子是
　　一片長滿**疣**的奇境。

糟糕壞老師

　　他永遠穿著相同的白色實驗袍，只不過，這件白色實驗袍幾百年前就已經不是白色了，因為他從來沒有洗過。那上面沾了厚厚的**汙垢**和**油脂**，看起來其實是深棕色，**汙垢**的種類很多……

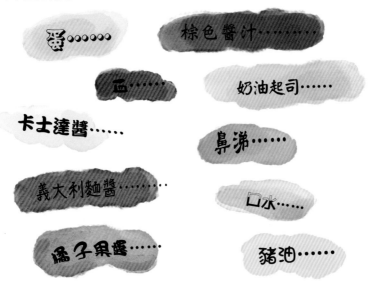

蛋……　　　棕色醬汁……

血……　　　奶油起司……

卡士達醬……

鼻涕……

義大利麵醬……　　口水……

橘子果醬……　　豬油……

　　也就是說，如果你把這件衣服泡在滾水裡，就可以煮出一鍋湯。[20]

　　懼洛德博士習慣穿涼鞋，這樣才能露出他可怕的腳趾。你一看到他的腳就會嚇到，有著像**爪子**一樣的**長**指甲，還長了爛瘡，趾縫間滿滿的**汙垢**。

20　食堂歐巴桑絲吓特太太可能會煮這種湯給
學生喝，關於她的邪惡事蹟詳見本書後續單元。

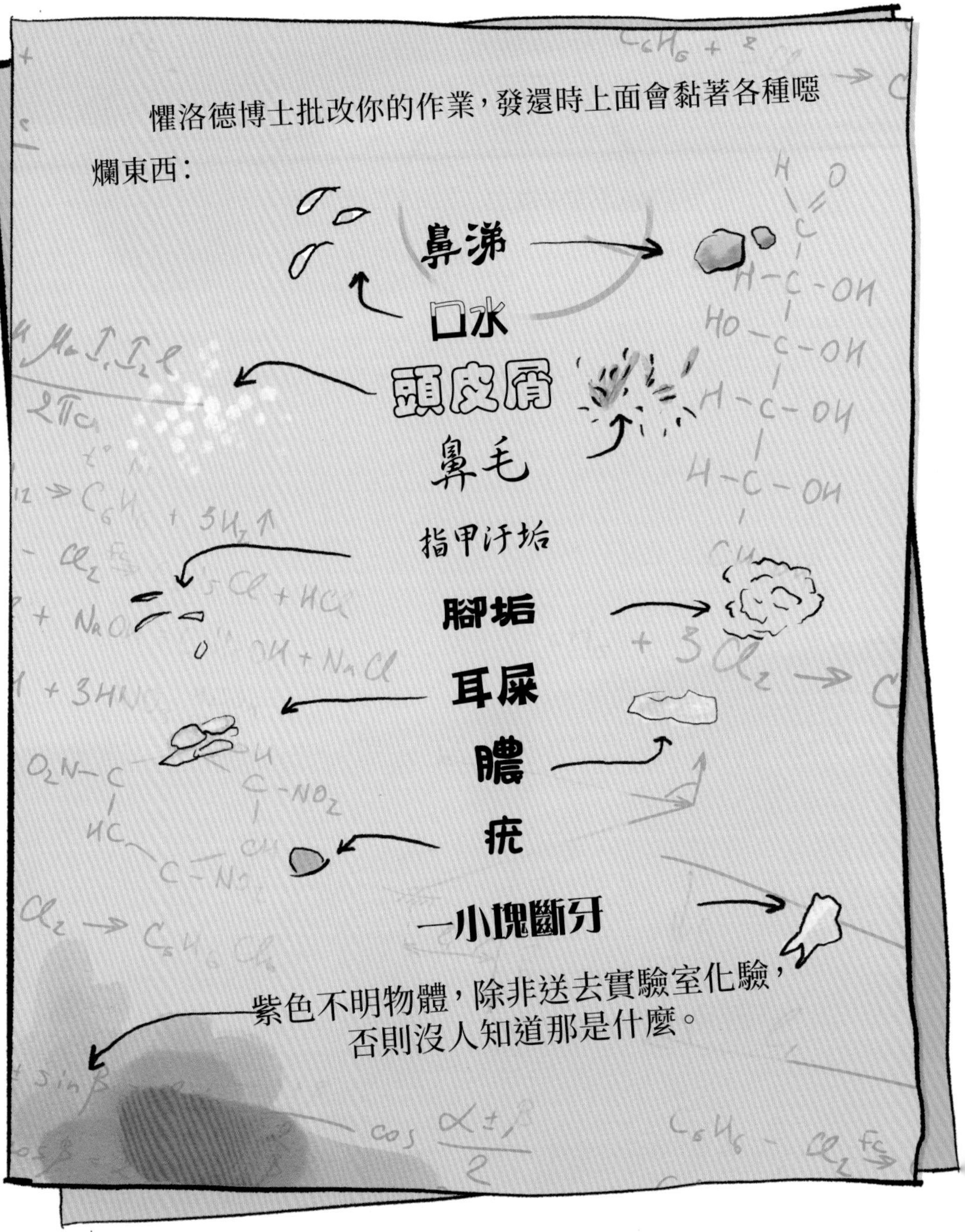

懼洛德博士批改你的作業，發還時上面會黏著各種噁爛東西：

鼻涕

口水

頭皮屑

鼻毛

指甲汙垢

腳垢

耳屎

膿

疣

一小塊斷牙

紫色不明物體，除非送去實驗室化驗，否則沒人知道那是什麼。

到目前為止，他整個人都恐怖到不行。但我還沒有告訴你，懼洛德博士最可怕的事。

就是他放的**屁**。

噗！

他無時無刻都在放屁，連環屁頻繁施放，

　簡直可以說「一屁噗成」。

噗噗噗噗噗噗噗噗噗噗噗噗噗噗噗噗噗噗噗噗！

懼洛德博士沒有撇風的時間比起有撇風少得多了。

哪怕一個最輕微的動作都可以讓這位老師釋放毒

氣……

坐下時……

噗！

起身時……

噗！

彎腰時……

噗！

挺起上半身時……

噗！

咳嗽……　**噗！**

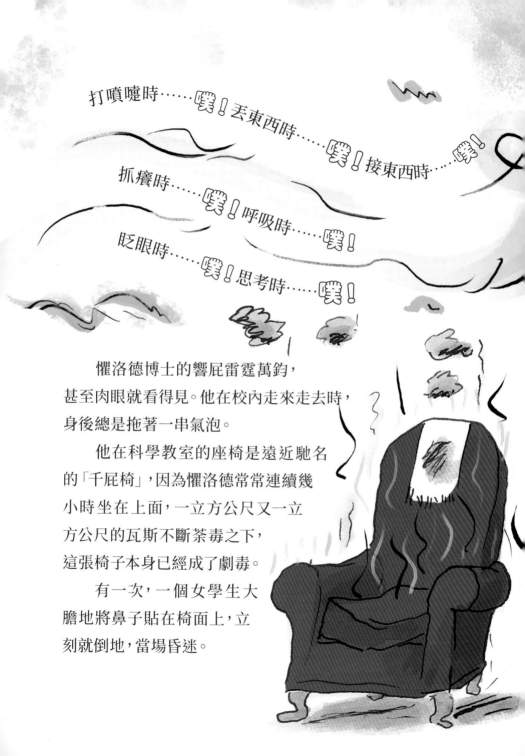

打噴嚏時⋯⋯噗！丟東西時⋯⋯噗！接東西時⋯⋯噗！

抓癢時⋯⋯噗！呼吸時⋯⋯噗！

眨眼時⋯⋯噗！思考時⋯⋯噗！

　　懼洛德博士的響屁雷霆萬鈞，甚至肉眼就看得見。他在校內走來走去時，身後總是拖著一串氣泡。

　　他在科學教室的座椅是遠近馳名的「千屁椅」，因為懼洛德常常連續幾小時坐在上面，一立方公尺又一立方公尺的瓦斯不斷荼毒之下，這張椅子本身已經成了劇毒。

　　有一次，一個女學生大膽地將鼻子貼在椅面上，立刻就倒地，當場昏迷。

米糟米羔 壞老師

砰！

她一直沒有醒來，
學校只好叫救護車。

喔咿！喔咿！

女孩被緊急送醫，
長達一週住在隔離病房。

嗶！嗶！嗶！

數月後，女孩恢復上學，
但她再也沒有辦法像以前
一樣了。上課時，
她只是坐在最後面，
雙眼空洞地瞪著前方，身體左右搖晃，
眼神中透著難以言喻的驚駭。

因此，如果懼洛德博士班上的學生
犯錯，他就會祭出最厲害的一招，罰他們坐在
他的千屁椅上！

「不！不！」學生會大哭大叫。「不要千屁椅！

什麼都可以，就是不要那個！」

懼洛德博士的千屁椅

懼洛德博士會露出獰笑和尖牙。

「當然要,小朋友,過來。」他會這樣說,然後從椅子上起身,對學生招手。當然,他起身時會放出又一個棕色氣泡。

噗!

他會把學生帶去椅子那裡,

然後命令:**「坐下!」**

學生會極不情願地照辦。全班只能眼睜睜看著被懼洛德荼毒的悲慘受害者遭到**毒屁**緩緩吞噬。[21]

「啊!」他們會尖叫,懼洛德博士則邪惡地咯咯直笑。

「呼!**呼!呼!**很好,還有誰敢在上課時說話?」教室裡一定會變得安靜無聲!

---

21 或是「吹拂」。

有一天，一個男孩進入 垃山學校 ，他將成為這位老師最大的敵人。這個男孩可怕到讓懼洛德博士看起來宛如美麗的公主。你或許會覺得不可能有這種事，那你就錯了，因為你還沒有見過**沼哥**。

沼哥那副模樣活像是從沼澤裡蹦出來，而不是被父母生下來的。

沒有人知道「**沼哥**」到底是不是他的本名，反正他人如其名。他真的像一灘沼澤，全身溼答答又沾滿泥巴，口袋裡有蟲，頭髮纏著小樹枝和葉子，耳朵長出苔蘚。這個男孩走動時，會發出一種**嘎吱聲**。

嘎吱！嘎吱！嘎吱！

沼哥不僅模樣可怕，行為也很壞。他很快就被封為全校最壞的男生。

沼哥從來不寫功課，理由呢？

「我吃掉了！」

這是真的。老師一聽大怒，

沼哥就會大笑。

「噗哧！噗哧！噗哧！」

瞿洛德博士的千屁椅

　　他把全校每間廁所的捲筒衛生紙抽走，然後把正在打瞌睡的歐布索勒歷史老師用衛生紙裹起來，讓他看起來像埃及木乃伊。

　　「齁齁齁齁齁！齁齁齁齁齁！齁齁齁齁齁！」

　　「噗哧！噗哧！噗哧！」

　　接著，他把圖書館的書拿走，

拆掉所有頁面，用來擦屁股，其實他平常根本沒在擦屁股。

　　「噗哧！噗哧！噗哧！」

　　他趁女同學在外面打無板籃球，把蠕動得最劇烈的蟲放進她們的鞋裡，等她們把鞋子穿回去，就會嚇一大跳。

　　「啊！」　　　「噁！」　　　「不！」

　　「噗哧！噗哧！噗哧！」

他把足球的氣漏光，再用他的屁回充，
每次有人踢那顆球時，就會有臭氣飄出來。

噗！

「噗咻！噗咻！噗咻！」

他在男廁一出來的地上擤鼻涕，匯聚成一大灘黏液。
然後他躲在置物櫃後面，看著男同學一個又一個滑倒並跌
坐在地。

滑出去！

「哎唷！」

「噗咻！噗咻！噗咻！」

他在食堂用薯泥展開雪球大戰。
沼哥會確保每個同學都被薯泥球
打中臉。

啪嗒！嘩啦！劈啪！
「噗咻！噗咻！噗咻！」

櫂洛德博士的千屁椅

他從藝術教室偷了一罐紫色顏料，把屁股塗成紫色，在牆上製造屁股印。

啪嗒！

「噗哧！噗哧！噗哧！」

他在班長的背後塞了一隻滑溜溜、黏答答、溼不溜丟的鼻涕蟲。

「啊！」

「噗哧！噗哧！噗哧！」

他騙一些低年級相信他手上拿的是好吃的巧克力球，然後讓他們吞下活蝌蚪。

「嘔嘔嘔！」

「我要回家找媽咪！」

「嗚嗚嗚！嗚嗚嗚！嗚嗚嗚！」

「噗哧！噗哧！噗哧！」

然而，**沼哥**會把最壞的行為留給科學課。他知道懼洛德博士是他的勁敵，他拚命想要打敗這位老師。

如果老師提醒他，不要讓手上的氣泡飲料撒出來，否則會害得檯面燒起來，他聽完會立刻把飲料直接潑在檯面上。

嘶嘶嘶嘶嘶！

如果老師命令沼哥不要把鐵粉黏在臉上製造搞笑鬍子，他就偏偏要做。

「嗒啦！」

如果老師要**沼哥**絕對不要把兩種酸性化學物質混在一起，否則將引起爆炸，這個孩子就偏偏要做。

糟糕壞老師

「沼哥！」一天下午，懼洛德怒吼，口水噴灑全班。「你這下子麻煩可大了！」

「老師，我做了什麼？」沼哥嘻嘻一笑問道。

「你把這張紙貼在我背上！」懼洛德博士轉過身，他的實驗袍上有一張告示寫著：

小心！毒氣！

教室裡所有同學提心弔膽地竊笑。

「嘿！嘿！嘿！」

「安靜！」老師吼道。大家立刻安靜下來。

懼洛德繼續說道：「沼哥，我要給你一個完美的懲罰，保證讓世界上最皮的皮蛋嚇到爆哭。沼哥！我命令你！你必須上前，坐在我這張千屁椅上！呼！呼！呼！」

老師起身離開椅子，科學教室裡所有眼睛一齊望著最後一排，卻見沼哥露出燦爛無比的笑容，大家都嚇了一跳。

「樂意之至，老師！」男孩快活地答道。他說完便跳下座位，蹦蹦跳跳來到前面。懼洛德還沒開口命令男孩「坐下！」他自己就已主動跳上那張椅子。

「嗯！」沼哥發出滿足的嘆息，鼻孔大張，拚命吸著那股臭氣，好像電視卡通裡的小孩誇張地吸著肉湯香氣。「這個味道太好聞了。」

懼洛德一副若有所失的樣子。「可是，同學！這可是你們最怕的**千屁椅**！」他大聲說道。

沼哥露出屏氣凝神的表情。接著一陣鋪天蓋地的聲響從他的屁股傳開來。

噗噗噗噗噗噗噗！

「老師，這下子它成了一千零一屁椅了。」

「嘿！嘿！嘿！」同學們竊笑。

「安靜！」懼洛德大叫。

這只會讓他們笑得更開心。

「哈！哈！哈！」

「我說『**安靜！**』」

太遲了，懼洛德已經控制不住全班。

「立刻回去你的座位！馬上回去！」他**咆哮**。

男孩一躍而起，然後縱身一跳就回到座位上。老師頹然坐回一千零一屁椅，感到相當挫敗。彷彿慘事還不夠似的，懼洛德開始嗆咳。

「**噢！**」

他伸手抓著脖子……

「**咳！咳！咳！**」

……他乾嘔。「**沼－哥！**」

沼哥施放的臭彈百分之百致命，比他自己放的還要可怕。比較起來，懼洛德放的屁宛如最甜的香水味。[22]

22　以下資料供您參考，事實上，最甜的香水味是我身上的味道，名叫「縷縷威廉」，一加侖僅售九十九便士。

叮鈴！

下課鐘響，還在嗆咳的懼洛德博士
從椅子滑坐到地板上。

啪嗒！

他躺在自己噴出的大灘口水中，
這個曾經令大家恐懼的老師
決定採取行動，任何
行動都好，只要能

報仇雪恨。

於是，那天晚上，老師回到位於城郊的地下室公寓，蹣跚走進深藏於地底的最高機密實驗室。他點起燭火，開始設計許多新的懲罰，每一個都比一千零一屁椅還要可怕得多。懼洛德在黑板上畫**機械圖**，開始蒐集所需的材料。他把彎曲的吸管一端塞進耳朵，吸出所有黃色**耳屎**。

吸嚕！

接下來，他把耳屎搓成一些**球**。

他再把吸管塞進鼻孔，將所有鼻涕弄出來。

嘩啦！

懼洛德蒐集了幾加侖鼻涕，總共裝滿三個舊式泡澡桶。

這位老師忙了一夜，天亮時終於完工，準備將這些懲罰一一套用在**沼哥**身上。

「**呼！呼！呼！**」他笑起來。

懼洛德決定給這個該死的學生一個教訓，讓他一次就嚇到，以後再也不敢。

叮鈴！

第一節上課鐘響，沼哥正好要上科學課。懼洛德眼見這位學生**嘎吱嘎吱**地走進教室，不由得嘻嘻一笑。

嘎吱！嘎吱！嘎吱！

學生則對即將發生的事毫不知情。

然而，**沼哥**也有自己的打算。他坐在最後一排，上課後開始在桌子底下的罐子裡偷偷混合最濃的化學藥劑。男孩想要製作最**黏糊**的黏著劑，好把老師黏在那張椅子上！老師將永遠永遠被困在一千零一屁椅上面！

老師則對於自己即將遭遇的事毫不知情！

懼洛德的小圓眼看見對手一副不懷好意的樣子。

太好了！

他可以對這學生就此展開源源不絕的邪惡懲罰。

「**沼哥**，你又恍神了？」懼洛德站在教室前面問道。

「『蝦米毀』，老師？」沼哥應道，極力隱藏自己的伎倆，他可不希望提早爆雷！

糟糕壞老師

「沒有錯。」老師喃喃說道,臉上綻出殘酷的獰笑。「過來這裡!」

他用細長的手指對他示意。

男孩立刻把那一小罐黏膠藏進上衣口袋,然後嘎吱嘎吱地走到教室前面。

嘎吱!嘎吱!嘎吱!

其他孩子都停下手邊的事,瞪大眼睛望著他們。全世界最糟糕的老師要對糟糕壞小孩做什麼呢?

「來,同學。」老師說著舉起紙袋。「因為你又開始神遊,你必須吃下我的絕命終結袋裡其中一顆果凍!呼!**呼!呼!**」

沼哥看看袋裡,發現一堆很醜的軟軟亮亮「甜食」。

「絕命終結袋?這些糖是什麼做的?」男孩懷疑地問道。

「你吃一個然後自己告訴我!」

沼哥聳聳肩,從袋裡仔細挑了一個糖,扔進嘴裡。

「吃起來有點酸。」他評論。

「那是因為,**沼哥**。」懼洛德開口說道。「這是用我的**耳屎**做的!」

懼洛德博士的千屁椅

「嘔！」教室裡所有學生
一齊作嘔。

但沼哥不為所動，他又在袋
裡仔細翻找，然後挑了第二塊扔
進嘴裡。「太好吃了！」

接著他不等老師允許，
自己伸手抓了一大把，全塞進褲子口袋。
「這些我要留著當點心。」

老師沮喪地重擊桌子。

砰！

不過，懼洛德還有一大堆設計好的懲罰。

「沒關係，同學。」他咆嘯。「去中間站著。」

沼哥乖乖聽話照辦。

「我真心希望不會……下雪！」老師宣稱。

「下雪？在教室裡下嗎？老師。」

「對！在教室裡！你即將面臨的是……災禍之桶！

呼！呼！呼！」

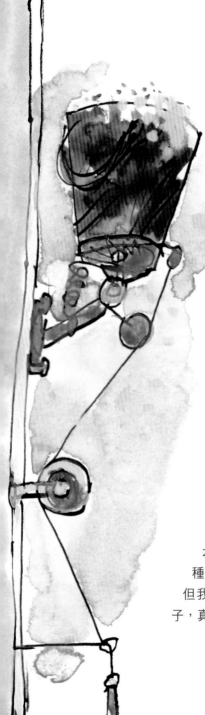

這人拉下牆上一根繩子，藏在頭頂上方的生銹舊水桶便傾倒。一陣大風雪從上面襲捲而下。

咻咻咻咻咻！

男孩從頭到腳立刻被白色雪片裹住，看起來就像糟糕的雪人。[23]

「我好愛**雪**喔，老師！」**沼哥**聲稱。他伸出舌頭舔了舔。「只是吃起來不太像雪。」

「那是因為這全是用我的**頭皮屑**做的！」

「**噁爆！**」全班大叫。

23　這是雪怪的另一個名字。許多人相信這種長得像大猩猩的罕見高山生物只是虛構的，但我親眼見過他在我家附近的超市買一桶烤豆子，真後悔當時沒拍下來。

 下雪前

 下雪後

「是喔，很好。我需要一些額外的**頭皮屑**，我本來有很多，但都用完了。」

沼哥說著，抓起幾把**頭皮屑**，撒在頭上和肩上。

「太讚了，謝謝老師。」

老師洩氣地頻頻跺腳。

咚咚咚！咚咚咚！咚咚咚！

「如果絕命終結袋和災禍之桶沒能讓你認輸，那麼這一招一定可以，它叫做**驚駭水管！**

呼！呼！**呼！**」

懼洛德說著舉起一根水管，

它的另一端和藏在桌後的大圓桶相連。老師打開噴嘴，
對準沼哥射出一股黏黏的急流。

嘩啦嘩啦嘩啦！

幾秒鐘內，男孩從頭到腳被又綠又棕又黃
的泥漿裹住，主要成分是鼻涕，但天曉得
這位壞博士還在裡面加了什麼鬼東西。

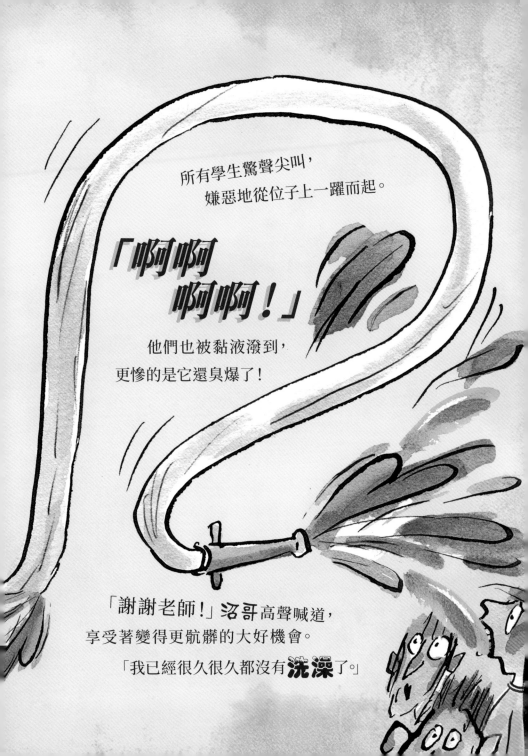

所有學生驚聲尖叫，
嫌惡地從位子上一躍而起。

「啊啊
啊啊！」

他們也被黏液潑到，
更慘的是它還臭爆了！

「謝謝老師！」沼哥高聲喊道，
享受著變得更骯髒的大好機會。
「我已經很久很久都沒有洗澡了。」

沼哥開始搓腋下，好像真的在洗澡。

「竟然會有這種事！」老師高聲宣布。「事實上，我打算讓你立刻洗一次澡！」

懼洛德轉開噴嘴，黏液以**狂潮巨浪**之勢湧出。

嘩啦嘩啦嘩啦！

所有學生逃出門外，黏液逐漸堆滿科學教室。

「滾開！」

「救命哪！」

「我認為應該打電話通知教育局！」[24]

現在教室裡只剩下懼洛德和死對頭沼哥，兩人的腰部以下都泡在黏液裡。

「啊，我差點忘了！」沼哥開口說道，咧嘴一笑。「老師，我帶了一些特製洗髮精，您要不要用用看？」

24　教育局是督學組成的機構，如果有一天他們去你就讀的學校參觀，而你想把學校搞垮，就要這樣做：伸出你的雙臂，慢慢走向他們，一邊呻吟：「所有老師都是吃人肉的喪屍！快跑！快跑！快逃命啊！」

他說著從口袋裡掏出又**黏**又**濃**的黏膠罐。

懼洛德驚覺不妙！這是圈套。「那玩意兒一點都不像洗髮精！小孩，拿來給我！」

老師過去搶，但學生不給，兩人開始你爭我奪。

「這是我的，老師！」

「我說了，『拿來給我！』」

他們的頭撞在一起。

嘔 啷！

黏膠撒了兩人滿身都是。

嘩啦啦！

「糟啦！」**沼哥**大喊，試著轉頭。

「怎麼了？」

「我們好像黏在一起了！」

他們的頭已經牢牢黏住，完全沒辦法分開！

「老師，這不是洗髮精。」

「我早就猜到了。」

「這是全世界超級無敵至尊黏膠！」

「我高度懷疑像你這種不學無術的傢伙怎麼有能力發明這種東西？」懼洛德高聲宣布。

老師竭盡全力掙扎，想要擺脫困境。「唔唔唔！」

但是沒有用。

可鈴！

下課鐘響。

「沼哥！」老師大吼。

「什麼事，老師？」男孩應道。

「離我遠一點。」

「我恐怕沒辦法，老師您說呢？」

「那可慘了。」

沒錯，他慘了。

「要來點耳屎糖球嗎？」沼哥問道，在口袋裡翻找絕命終結袋。

「來點無妨。」

兩人就這樣一齊吸吮著黃色的「甜食」。

黏膠的威力太強，這對師生只能永遠黏在一起了。

於是，每當其中一人做這些事時……

在操場踢足球

在土裡挖**蟲**

在食堂吃午餐

進行**危險實驗**

把低年級拖過樹籬

被留校察看

在黑板上寫**化學式**

在學校聖誕節
童話劇扮演**馬的後腿**

趕搭回家的公車

當然，還有放**臭彈**

他們都必須

永遠一起。

於是，懼洛德博士和沼哥，全世界最糟糕的老師和糟糕壞小孩，活該淪落到這種下場。

相親相愛。

希絲副校長的
留校察看騷動

　　有些老師一直很討人厭，其他則一直在生氣，甚至還有一些老師整天都「森七七」。

　　然而，希絲副校長一直都在大發雷霆。

　　這是有充分理由的，而且難得不是學生的錯。

希絲副校長的留校察看騷動

在大家的記憶中，希絲始終都是 氣人中學 的副校長。許多年來，她一直活在某人的陰影之下，這個人占據最高職位，這個人永遠都不退休，這個人當校長差不多要五十年了。五個十年！半個世紀！從沒聽說這個工作可以做這麼久。在某些學校，校長頂多只能做五分鐘。[25]

故事要從這天說起，九十九歲的史汀特再過幾天即將慶祝就任 氣人中學 校長黃金五十週年。

這件事讓希絲副校長氣得頭頂冒煙嘶嘶作響！

身為副校長，她的職位只比校長史汀特低一階。而副校長總是夢想著有朝一日當上校長。

南波萬

帶頭

大咖

頭號人物

我們最顯赫的
領袖

25　這就是地獄鐘聲屁孩男子學校，關於這所惡名昭彰的學校詳見本書後面的故事。

但可不是像這樣盼望快要五十年還沒當上！希絲副校長為了奪冠已經等了這麼久，等了又等，等了又等，等了又等，然後繼續等。她每天都詛咒史汀特校長不得好死。

「總有一天……」她會環顧學校，自言自語像在唸咒。

「總有一天，這裡會是我的！我的！我的！我的！」

她的臉上寫滿憤怒，隨著時間流逝……

她的眼睛瞇成兩個墨黑色圓點……

她的嘴嘟到變成永遠的苦瓜臉……

她的耳朵開始像地獄之火一樣的紅……

她的鼻孔張得太大，都塞得進臘腸捲了……

她的額頭一直皺著，像練習本一樣出現好多線條……

26

26　不要輕易嘗試拿臘腸捲塞她的鼻孔，這只會讓希絲副校長更生氣，而她早就已經爆氣到不行了。

希絲副校長的留校察看騷動

　　希絲副校長的臉永遠都是一副怒氣沖沖的樣子。她早上醒來是這樣，晚上睡覺也是這樣，就算高興時，比如吃著她最愛的濃郁甜食（當然是薄荷硬糖），她看起來也像是在吃黃蜂。

薄荷硬糖

黃蜂

　　希絲副校長等得太久，等到年紀超老。（沒有史汀特校長那麼老，沒有人會跟這位女校長一樣老。）副校長今年高齡八十八，走路都得拄著拐杖，好處是可以拿來當武器，用它戳或刺學生都很好用。

戳！

「好痛！」

刺！

「啊！」

戳刺！

「哎啊！」

她特別爆氣時，就會把拐杖高舉過頭，一直揮舞，像螺旋槳一樣。

希絲副校長大部分時間都在 氣人中學 走廊上巡視，尋找可以當她出氣筒的倒楣鬼。她最愛的就是開放學留校通知單給學生。[27]

27　放學留校是一種懲罰，要你放學後繼續留下來，有時候是一小時，或兩小時，或更久。我小時候壞透了，到現在還被罰留校，但我早在一九八九年就畢業了！

顯然，不管你做什麼都會　　　　　得罪她，希絲副校長會為了最站不住腳的理由開單，因而臭名遠播，這些理由包括：

上課時打噴嚏……　**留校察看**

「哈啾！」

「同學，你打噴嚏那麼大聲，可能會害我的耳朵聾掉！放學留校！」她會一邊大罵，一邊猛揮拐杖，重重打在受驚學生的桌上。

留校察看

鼻尖長青春痘……

「那顆痘子真是礙眼，你拉低了全校的顏值水準。放學留校！」她怒道，拿拐杖戳學生的鼻子。

「好痛喔！」

上廁所時哼歌……

「嘟答嘟，答嘟答嘟答嘟！」

希絲會拿拐杖猛力敲打廁所門……

留校察看

……接著吼叫：「大便時不准出聲！放學留校！」

生日巧遇上學日……

糟糕，壞老師

「生日快樂啊，同學！」

「哦，太感謝您了，希絲副校長。」

「不用客氣，我還有禮物要送你。」

「哇！謝謝。」

「我的禮物就是……放學留校！」

「早該想到。」

「兩次放學留校！」

運動時穿著嘎吱嘎吱響的訓練鞋……

嘎吱！嘎吱！嘎吱！

「會發出嘎吱嘎吱的那隻鞋要沒收！」

「可是，副校長，那我等一下賽跑時就只剩下一隻鞋了！」

「那太好了！你可以一直跛到你放學留校！」

便當盒裡有雞蛋三明治……

「全校都被你搞到臭烘烘！還有全城！還有全國！還有全歐洲大陸！還有全地球！還有全太陽系！還有全宇宙！」

「副校長，我不確定火星上的人能不能聞到我的雞蛋三明治。」

希絲副校長的留校察看騷動

在走廊上走太快……

「慢一點，你這個橫衝直撞的冒失鬼！」她會用拐杖擋住對方的去路，在他們面前重重一揮再用力放下。

咻咻咻！　　　留校察看

「可是，副校長！求求您！我考試快要遲到了。」

「你會錯過考試，因為你要立刻被罰……放學留校！」

在走廊上走太慢……

「走快點，你這個懶散的呆瓜！」她會拿拐杖戳他們的背。

戳！　　留校察看

「噢！可是，副校長，我的腿骨折！」

「真差勁的藉口！放學留校！」

把可能讓人看了心裡不舒服的香蕉[28]帶來學校……

28　香蕉在歐美有時象徵種族歧視，有時用來比喻別人是瘋子）

留校察看！

糟糕！壞老師

「那根香蕉很容易引起注意！放學留校！」

就連你叫什麼名字都會有事，只要被希絲副校長認定很蠢……

「沒錯！『馬克』就是一個笨名字！我從來沒聽過比這更笨的名字！」

「可是，副校長，我沒辦法呀！這個名字是我爸媽取的。」

「兩次放學留校！」

「副校長！」

「三次放學留校！」

「那我不再講了。」

「四次放學留校！」

「不公平！」

「無次放學留校！」

「副校長，應該是『五』次才對吧？」

「五次放學留校！」

「還有你膽敢糾正我，所以六次放學留校！」

希絲副校長的留校察看騷動

被開單的學生放學後必須留在希絲副校長的教室一、兩小時，或三小時，有時候甚至要留到隔天天亮。時間長短就看你被她逮到時是運氣不好，還是**運氣超級超級超級不好**。希絲副校長為了懲罰這些學生，會在黑板上寫一些字，被開單的人就要罰抄幾百遍或幾千遍。

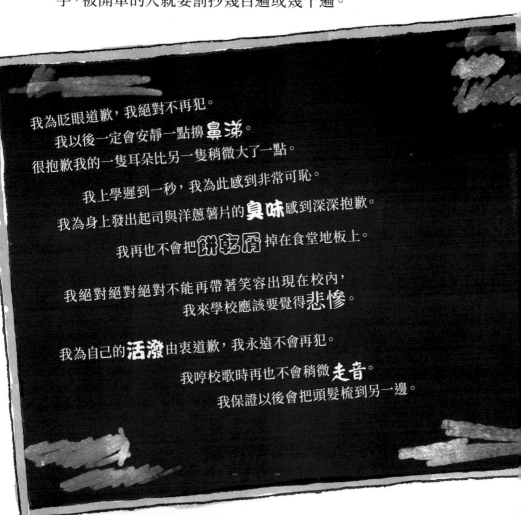

我為眨眼道歉，我絕對不再犯。

我以後一定會安靜一點擤**鼻涕**。

很抱歉我的一隻耳朵比另一隻稍微大了一點。

我上學遲到一秒，我為此感到非常可恥。

我為身上發出起司與洋蔥薯片的**臭味**感到深深抱歉。

我再也不會把**餅乾屑**掉在食堂地板上。

我絕對絕對絕對不能再帶著笑容出現在校內，
我來學校應該要覺得**悲慘**。

我為自己的**活潑**由衷道歉，我永遠不會再犯。

我哼校歌時再也不會稍微**走音**。

我保證以後會把頭髮梳到另一邊。

然而，終於有個特別的下午，希絲副校長沒辦法
開這些莫名其妙的放學留校通知單。那是因為一場盛
大的茶會將在禮堂舉辦，每位學生都受邀參加。當然，
除了一千名學生，還有所有老師、食堂歐巴桑和工友、
警衛等等。

　　這次茶會是為了 慶祝史汀特校長在氣人中學
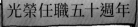光榮任職五十週年。

　　大家都痛恨希絲副校長，對 史汀特校長
的觀感則完全相反，大家都很敬愛她。她就像每
個人最愛的老奶奶，或者曾奶奶，或者曾曾奶奶。
史汀特校長是位和藹可親又可愛的老太太，全
校都希望為她辦一場最特別的慶祝會。大家都
帶了東西來，有很多蛋糕、果凍、派和三明治，你
想得到的茶會點心應有盡有，當然也有很多茶。

希絲副校長的留校察看騷動

唯一的問題就是……沒有見到史汀特校長的人影。

這位校長在自己的慶祝派對上遲到，而且是大遲到。她跟烏龜一樣慢吞吞。九十九歲老太太在辦公室悠悠醒來，她整天大多時候都在睡覺。

她最忠實的助手也就是祕書愛波陪在身邊。愛波不過是年「僅」九十八歲的「女孩」，這位老祕書推著輪椅上的主管走過長廊，途中進廁所十七次。最後史汀特校長終於進入禮堂，時間已經很晚，老太太又開始打瞌睡。

「齁齁齁齁！齁齁齁齁！齁齁齁齁！齁齁齁齁！」

然而，她被推進禮堂，立刻受到熱情歡迎，大家齊聲高呼：「**萬歲！**」把她給吵醒了。

愛波小姐把校長推上台，讓她發表就職五十週年紀念演說。

「我在此為這艘船命名……」

史汀特校長以單調的嗓音開口說道。

「不，不是。」祕書小聲提醒。

「我在此宣布圖書館正式開館……」

「不，不，不是！」

「感謝大家前來慶祝我就職三十……」

「不是！」

「四十……」

「不是！」

「五十……」

「答對了！」

「我在這所學校擔任校長已經 五十週年 。

各位老師、學生、廚工、工友、警衛、園丁和每位與會者，

還有那些我根本不知道是何方神聖的人，歡迎你們！」

大家齊聲歡呼：「**萬歲！**」

當然嘍，只有希絲副校長沒出聲。

她在果醬奶油蛋糕後面閒晃，

氣到滿臉發紫。

希絲副校長的留校察看騷動

「信不信由你們。」史汀特校長接著說道。「我已經九十九歲了，這輩子快要過一半……」

「才一半？」希絲怒吼。

「……我最近常常考慮一件事，在這麼 值得紀念 的重要時刻，你們也會如此。」

「齁！講快點啦！」副校長咆哮，拿拐杖用力敲地板。

砰！

「就是我該不該繼續擔任氣人中學的校長……？」

希絲副校長趕緊豎起耳朵。

「……還是我退休的時候到了？唔，我覺得趁今天這個機會宣布決定再適合不過……」

副校長開始做一件她已經久久久久沒做的事……微笑！她怒氣沖沖的臉變得，呃，**快樂！**

糟糕壞老師

希絲副校長足足等了半世紀，就等這一刻。校長即將宣布退休，身為副校長的她，自然會接下這份殊榮。終於，她終於可以成為氣人中學帶頭的人！

但是，史汀特校長還沒開始宣布，這位可愛的老太太就又睡著了。

「齁齁齁齁！齁齁齁齁！齁齁齁齁！」

祕書愛波（其實比較像護士）走過去，按照慣例把校長叫醒，方法是輕輕給她的主管甩耳光。

啪！啪！啪！

史汀特校長忽然驚醒。

「喔，非常感謝妳，愛波小姐，沒有妳我真不知道該怎麼辦。」

「樂意之至，校長。」祕書答道。

「那麼，剛才說到哪了？」

「宣布退休！」希絲副校長吼叫。

「啊對，謝謝希絲，我最忠實的副校長和最親密的好友。」

希絲隨便點個頭應付，沒有說話。她對史汀特校長只有滿腔深刻又邪惡的忿恨。

希絲副校長的留校察看騷動

「今天最適合宣布我的下一步動向……」

登！ 登！ 登！ [29]

「……我已決定留在氣人中學再當五十年校長！」

「**萬歲！**」大家高聲歡呼。

史汀特太太備受愛戴，但大家的歡呼中有一希絲遲疑。五十年？她真的會活到一百四十九歲？到時候她還在工作？

希絲副校長的樣子活像要爆炸。

「不不！」她尖叫。

「希絲副校長，妳還有什麼要補充的嗎？」史汀特校長問道。

「放學留校！」　留校察看

全校師生哄堂大笑。

29　並不是會場真的出現「登！登！登！」這種音效，我加進來只是要製造緊張氣氛。親愛的讀者，這是我為你特別提供的免費服務。

留校察看！

「哈！哈！哈！嘿！嘿！嘿！呼！呼！呼！」

「呵！呵！呵！」史汀特校長也笑起來。「我可是校長，希絲副校長，妳不能罰我放學留校！」

「傲慢無禮！」副校長吼道。她拒絕接受。「兩次放學留校！」

留校察看

「呵！呵！呵！」

留校察看

「三次放學留校！」

祕書替主管說話。「拜託，希絲副校長！您瘋了嗎？」

「沒錯，我瘋了！早在很多年前就瘋了！」希絲副校長喊道，高舉拐杖揮舞，愈揮愈快，愈揮愈快。

這不是愛波小姐要的答案，
但她決定不予理會。

咻咻咻！咻咻
咻咻咻咻
咻咻咻咻！

「就算是這樣，今天是史汀特校長的大日子！五十週年就職紀念！您竟敢破壞它？」

希絲副校長是位永不妥協的女性。

留校察看

「放學留校！」她依舊堅持。

留校察看

希絲副校長的留校察看騷動

「**不好意思，您說什麼？**」祕書應道，不敢相信自己的耳朵，居然連她都被罰放學留校！

「**兩次**放學留校！」

「可是……？」

「**三次**放學留校！」

「可是……？」

「**四次**放學留校！」

「可是——？」

「我是說**五次**，五次放學留校！」

「可是——？」

「**六次**放學留校！」

「可是——？！」

「**拐次**放學留校！」

「那到底是幾啊？」

「軍事用語的七！拔次放學留校！」

「是八嗎？」

「對。勾次放學留校！」

「這一定是九，我敢說妳不知道十怎麼念！」

「么洞次放學留校！」

「反應過度！」祕書抗議。「希絲副校長！您已經徹底瘋了！您不能老是罰每個人都放學留校！」

「噢，妳不可以！」
全校齊聲反對。

「噢，我當然可以！」
副校長咆嚎。

「噢，妳不可以！」

「噢，我當然可以！」

「噢，我當然可以！」

大家就這樣跟副校長互嗆，足足嗆了幾小時，最後希絲屬聲宣布：「在場所有人！你們統統都被罰放學留校！」

這真是一場放學留校大騷動！

整個禮堂足足有一千多人，他們開始大聲抗議，尤其是教職員。

希絲副校長的留校察看騷動

「大驚小怪、少見多怪的怪咖!」愛波小姐又開始罵。

「大家耶誕快樂!」史汀特校長在喧鬧聲中牛頭不對馬嘴地祝賀。　　「**不!**」「**休想!**」「**不要!**」「**亂來!**」

「現在是一月耶,校長。」祕書糾正她。

「真的嗎?」

「對。」

「哦,早點過節也不錯啊!」

大家還來不及繼續抗議,希絲副校長便大吼……

「統統給我安靜!」

這是有史以來老師所能喊出最大聲的「**統統給我安靜**」。[30]

她成功吸引大家的注意力,於是她開始高舉拐杖並揮舞,*愈揮愈快,愈揮愈快*……

然後把每個人都趕出去。

30　在這之前,「統統給我安靜」最大聲世界紀錄是一位矮胖地理老師創下的,他名叫轟先生。他的吼叫聲實在太大,害他自己變成聾子。他永遠失聰後,因為什麼都聽不到,於是吼得更大聲了。

「噓噓噓！噓噓噓！噓噓噓！」

她很快就把每個學生和教職員趕過走廊,上了樓梯,
進入校舍頂樓,也就是她的教室。

問題是這間教室最多只能容納三十人,

一千零三十人硬擠進去,就像是尖峰時間
搭乘客滿列車。許多張臉被迫貼著別人的腋下,
膝蓋互撞,腳趾互踩。

所有學生倒是樂歪了。

「不准放任何人走,否則大家死定了!」有人叫道。

「哎唷!」 「抱歉!」

「好痛!」

希絲副校長的留校察看騷動

「哈！哈！哈！」

「你們可以一直待在這裡直到世界末日！」希絲站在門口喊道。

「妳這個可悲的小女人！」愛波小姐諷道，為全校辯護。「這全是因為妳沒得到最高職位。**嗚呼**！妳永遠不會當上校長，也永遠得不到想要的榮耀時刻！」

「沒錯！」所有人異口同聲附和。

希絲小姐的**瞇瞇眼**瞇得更細了，她**皺**起鼻子，嘴唇打顫。

「你們大錯特錯！」副校長聲稱。「這就是我想要的榮耀時刻！我等的就是這一天，罰全校一起放學留校！」

「並不是全校啊。」史汀特校長帶著笑容發表評論。

「什麼？」

「我想妳把一個人給忘了。」

*「誰？」*希絲質問。

留校察看

「妳！」

人滿為患的教室安靜下來，所有目光紛紛投向副校長，她正站在門口陷入內心掙扎。

一會兒後，她開口說話。

「希絲副校長！」希絲宣布。

「什麼事，希絲副校長？」希絲應道。

「我在此罰妳放學留校！」

「我？」

「對，妳！」

「但我是這所學校的副校長！妳不能罰我放學留校！」

「哦，我當然可以！因為我是這所學校的副校長！現在給我進去！呸蛆！呸蛆！呸蛆！」

希絲副校長說著，舉起拐杖，把自己又戳又刺地趕進教室。

現在室內的空間變得更擠了，大家開始怨聲載道。

留校察看

留校察看

「好痛喔！」 「噢！」 「哎呀！」

「你就不能下班車再上嗎？」

「不要一直戳我的鼻子！」

「非常抱歉——我認為那是我的鼻子！」

希絲副校長關上身後的門。

碎！

「各位，現在坐下！」她叫道。

「妳自己坐坐看啊！」史汀特校長說。

「每張椅子上面都有三十個屁股！」

「哈！哈！哈！」

「有些屁股還比一張椅子大！」

「哈！哈！哈！哈！哈！哈！」

「好吧！」希絲宣稱，試著控制場面。

她把老邁的史汀特校長當成梯子爬上去。

「能不能把妳的腳從我頭上移開？」

校長問道。

希絲副校長抓緊拐杖，開始在大家頭上人體衝浪。[31]

「我要去**黑板**寫給大家抄的罰寫！」她宣布。無數隻手把她挪來挪去，像在傳海灘**球**。「我不能抱怨被罰放學留校，否則我又會被罰另一次放學留校。」

但是沒有人可以寫東西，因為手肘沒地方伸展！

「寫不了啊！」

「辦不到啦！」

「妳是不是瘋啦？」

「哈！哈！哈！」

希絲副校長毫不氣餒，依然奮力**人體衝浪**，來到角落的櫃子旁拿紙張。她站在櫃子頂端，對全校宣布。

31　不是移動的最好方法，就算在搖滾演唱會也一樣。

「我要你們，我是說，我們全體，罰寫一百萬次！」
她吼道。

「我不幹！」希絲自己應道。

「那就寫十億次！」她厲聲回覆，舉起拐杖揮舞。

「我說了，『不要』！」

「一兆次！」 咻咻咻咻咻咻咻咻！

「不要！」

「一百兆次！」 咻咻咻咻咻咻咻咻咻！

「休想！」

「一億兆次！」 咻咻咻咻咻咻咻咻咻！

「不要！不要！不要！」

她忙著跟自己吵架，頭頂上的拐杖愈揮愈快、

愈揮愈快、愈揮愈快，還是*愈揮愈快*。

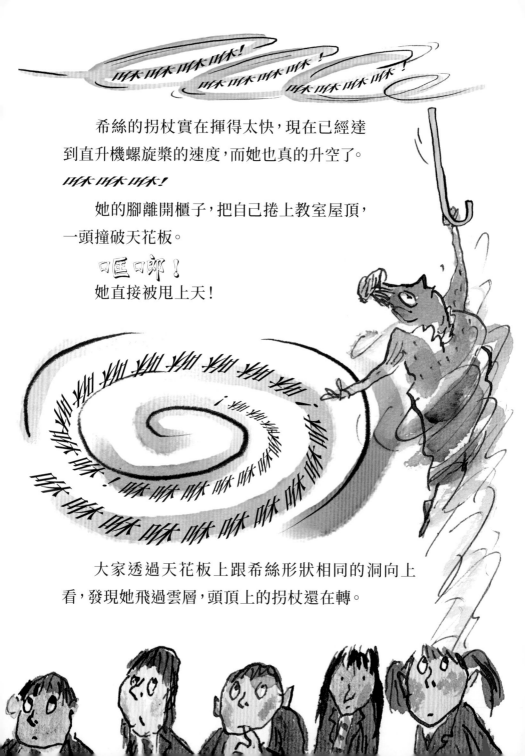

咻 咻咻 咻咻!咻 咻咻 咻咻!咻 咻咻 咻咻!

　　希絲的拐杖實在揮得太快,現在已經達
到直升機螺旋槳的速度,而她也真的升空了。

咻 咻咻 咻!

　　她的腳離開櫃子,把自己捲上教室屋頂,
一頭撞破天花板。

　　喔 啷!

　　她直接被甩上天!

咻 咻咻 咻咻 咻咻 咻咻 咻咻!咻咻!咻咻 咻咻 咻咻 咻咻 咻咻 咻咻 咻咻 咻咻!咻 咻咻 咻咻 咻咻 咻咻 咻咻 咻咻 咻咻

　　大家透過天花板上跟希絲形狀相同的洞向上
看,發現她飛過雲層,頭頂上的拐杖還在轉。

「放放放放放放放放放放學學學學學學學學學
留留留留留留留留留留留校校校校校校校校校！」

希絲副校長對著飛過身旁的一隻鴿子大吼大叫。

「咕咕咕！」

她的聲音在天際迴盪，最後再也聽不到。

「噢，現在好多了。」愛波小姐嘆氣說道。

「喔，對啊。」大家都喃喃同意。

「那麼我們回去開慶祝會吧！」史汀特校長高聲說道。

「好啊！」全校高呼。

他們翻來滾去地離開教室，跟著校長走過長廊，回到禮堂，所有美味的、果凍和派都還在等他們。

「萬歲！」

史汀特校長是最後一位離開派對的人，那時已經過午夜很久了。今天的騷動讓她精神抖擻，現場有伴唱機，她為全校獻唱多首最愛的嘻哈歌曲。

「現在由饒舌歌手史汀特為大家獻唱。

，

讓我聽見你們的尖叫聲！」

「哇哦！」

糟糕壞老師

至於希絲副校長，沒有人知道她降落何處，如果她真的有降落的話。

所以，如果你看見一個憤怒的老太太倒在溝裡，手上還在轉拐杖，對你嚷嚷著「**放學留校！**」接近她時務必要極度小心。　**留校察看**

不管你做什麼，千萬不要在 希絲副校長 額頭貼郵票，再把她寄回去氣人中學。

他們非常不想要副校長再回來！

留校察看

永遠別回來了！

愛戲劇化的
帕拉維老師

　　帕拉維老師有本事把任何事都戲劇化。最微不足道的
東西都能讓她立刻切換到最最誇張的表現手法。

　　包括這些情形⋯⋯

　　塑膠袋卡在樹上⋯⋯

愛戲劇化的帕拉維老師

「噢，喂呀！好可憐的塑膠袋呀！從你那寂寞孤單的樹枝上下來吧！」她會像這樣悲嘆。

朝會時有個老師打噴嚏……

「哈啾！」

「當即送汝至最近舖子抓藥，[32] 汝恐僅餘片刻好活！」

帕拉維老師講話喜歡用威廉·莎士比亞時代的古語，這位知名劇作家已經過世四百多年。

她的鞋踩到**口香糖**……

「噢，喂呀！噢，再次說聲喂呀！我被黏住了！我將永生永世葬身於此！」

黃蜂飛進教室裡……

「出去，出去！哦，有刺的仇敵！汝乃本教室不速之客！莫逼吾取來黃蜂之致命殺蟲劑！」

有鳥在校長車上大便……

啪嗒！

32　這是古人說「去藥房買成藥」的意思。

「啊，污穢之禽，汝因何以骯髒之冀玷污校長之車？」

有位女學生鞋帶鬆了……

「即刻止步並繫妥汝之鞋帶！懇求、祈求、哀求汝勿答謝吾，哪怕吾及時出手挽救汝之性命！」

有本圖書館的書過期沒還……

「噢，書冊！噢，書冊！噢，善美書冊！乘著鴿子的翅膀飛回圖書館吧！吾輩需汝安然返還！」

學校食堂的烤豆子供應太少……

「我為自己哭泣，我為學生哭泣，我為全世界烤豆子愛好者哭泣。我們一定要有豆子、豆子和更多豆子，否則我們將滾進溝裡萬劫不復！萬劫不復！萬劫不復！」

帕拉維老師的外表只有一個詞可以形容：

戲劇化。

這位老師的穿著活像從幾百年前穿越過來的人，她披著一件紅色斗篷，總是在風中飛揚。

她以一枚古老金質領針固定斗篷，領針造型採用戲劇代表圖案，也就是一個喜劇面具和一個悲劇面具。[33]

帕拉維老師的斗篷底下穿著古式女用短衫，有打褶領和打褶袖，下半身則是長達腳踝的軟呢裙。她的鞋子是高跟繫帶長靴，上一次流行這玩意兒是維多利亞時代。她脖子上有條項鍊，用來繫住半月形眼鏡。從來沒人見過她把眼鏡戴起來，所以說，眼鏡說不定只是她這整套行頭的一部分。

33 很適合她，因為她的人生就是哭哭笑笑，笑笑哭哭。

帕拉維老師任教的學校是
你在全世界再也找不到比它更時髦的學校。³⁴

浮華夫人時髦女子學校

34　它甚至比時髦君主天之驕子學校還要時髦，你
必須是皇室成員才能就讀時髦君主天之驕子學校。

這所學校是一座氣派顯赫的大宅邸，已有數百年歷史。草地上有多座大理石**雕像**，天花板掛著豪華**水晶吊燈**，牆上裝飾著金框油畫。所有傢具都是無價古董，就連女學生的課桌椅也不例外。

對帕拉維老師來說，這所學校非常適合她。她熱愛此處的顯赫氣派、悠久歷史與勢利氛圍。學校宛如她本性的反射，她在這裡任教已達數十年。校方想盡辦法要擺脫她，但一直沒有成功。多年來，帕拉維在校內執導過一些令人「**難忘**」的戲劇表演。[35]

---

35 「難忘」是好聽話，說穿了其實是「生不如死」。

米曹米羔 壞老師

首先是她那齣惡名昭彰的《帕拉維老師的世界全史》，長達十七小時，沒有中場休息。觀眾席上引以為傲的父母們輪流睡翻過去，再輪流叫醒別人，以免錯過女兒好不容易輪到的一句台詞。如果有觀眾想起身去上廁所，帕拉維老師就會拿著棍子擋住去路。

「汝勿行，否則將錯失佳言美句！」

帕拉維老師最愛的是音樂劇，她寫了一齣跟寵物金魚有關的音樂劇，這隻魚她命名為威廉・莎士比亞。戲劇老師讓班長演金魚，給了她一根呼吸管和一雙蛙鞋，還打造了一個巨型玻璃缸，裡面裝滿水，再把她放進去。

嘩啦嘩啦！

但有件事很慘，《金魚！》音樂劇的

歌曲因為都在水裡唱的，

觀眾**根本聽不到。**

「咕嚕！咕嚕！咕嚕！」

愛戲劇化的帕拉維老師

誰會忘記她自創的那齣戲？她在劇中演繹自己的生平事蹟，劇名是《帕拉維老師：傳奇人物的悲歡》。任何不幸觀賞這齣單人表演的受害者事後都努力要忘掉它，但它已悲慘地烙印在記憶中，永遠不能忘。當然，帕拉維老師扮演自己，從出生一直演到現在。根據劇本指出，她是「**全球有史以來最受愛戴的老師**」。

還有一齣無對白單人芭蕾舞劇《阿米巴》[36]，劇中帕拉維老師打扮成地球上最小的生物，在舞台上不停跳來跳去長達四小時，它被公認為她的所有作品中最糟糕的一個。

浮華報

《阿米巴》

無對白單人芭蕾舞劇

劇評

糞作。

36　阿米巴是單細胞生物，相較之下，人體有大約三十七點二兆個細胞。千萬不要嘗試去數你身上的細胞，否則你整天都會困在這件事上。

糟糕壞老師

《浮華報》給這齣戲史上最差的負評,只有兩個字:「糞作。」

在《什錦餅乾歌劇》中,十幾個不同種類的**餅乾**活了起來,跨出鐵盒,開始以義大利語唱歌。這齣歌劇是帕拉維老師自認的傑出之作。粉紅色威化饼、**巧克力手指餅乾**、薑汁餅乾、**波旁夾心餅乾**、潔米 • 道傑餅乾與**卡士達醬餅乾**都在爭論誰才是鐵盒餅乾魔法王國的領袖。這比聽起來還要糟糕,而且我知道它聽起來就已經很可怕了。

如果你是

浮華夫人時髦女子學校的學生,

最可怕的遭遇莫過於被帕拉維老師指派演出劇作一角。由於這是一所寄宿學校,你根本逃不掉。帕拉維老師每學期都會在公布欄張貼公告,指定誰扮演什麼角色。

愛戲劇化的帕拉維老師

女學生都說這叫「**註死名單**」！被選上的人
不可以拒絕，誰敢說「**不**」就會立刻被開除，
只能去上比較不時髦的學校，使得家族永遠蒙羞。

　　帕拉維老師的劇作彩排長達數月，有時甚至數
年，通常耗費整晚。最慘的是，如果你忘詞或走位
錯誤，帕拉維老師就會對你吼叫。

　　「嗚呼哀哉！佳劇遭妳**荼毒**！現在再做一次，
　一次又一次，
　　　　　一次又一次，一次又一次，
　　　　　　　　一次又一次，直到妳做對為止！」

　　可憐的女學生會爆哭。

　　「**嗚嗚嗚，嗚嗚嗚，嗚嗚嗚！**」

　　老師才管不了那麼多，她只在乎
自己的寶貝劇作，而且要求完美。

　　一天早上，帕拉維老師被
叫去校長辦公室。這種事不是
天天都有，所以戲劇老師的心
裡七上八下，不知道校長為什
麼找她。

會不會是她為食堂設計的戲劇主題餐點
終於要付諸實行了？

莎士比亞的油炸午餐肉餡餅
契訶夫的康瓦爾餡餅
易卜生的冰棒
貝克特的球芽甘藍
布萊希特的牛奶凍
王爾德的炒麵
皮蘭德婁的粉紅色卡士達醬
莫里哀的肉丸
威廉斯的炸肉排
索福克里斯的臘腸捲 [37]

37 十位全球知名的劇作家：威廉 · 莎士比亞，英國；安東 · 契訶夫
（Anto Chekhov），俄國；亨利 · 易卜生（Henrik Ibsen），挪威；
薩謬爾 · 貝克特（Samuel Beckett），愛爾蘭；博托 · 布萊希特
（Bertolt Brecht），德國；奧斯卡 · 王爾德（Oscar Wilde），愛爾蘭；
路易吉 · 皮蘭德婁（Luigi Pirandello），義大利；尚－巴蒂斯特 · 波克蘭
（Jean-Baptiste Poquelin），又稱莫里哀（Moliere），法國；田納西 · 威
廉斯（Tennessee Williams），美國；索福克里斯（Sophocles）（古希
臘人沒有姓氏），古希臘。

愛戲劇化的帕拉維老師

她是否因為對戲劇的卓越貢獻而即將獲得終生成就獎?

學校是否即將遭到拆除,以便興建她提案的千人全新大劇院?當然,劇院名字就叫做——帕拉維紀念劇院。

還是校長打算下台,由帕拉維接任?這樣一來,她就能把浮華學校改為戲劇學校,整天的課都是**戲劇**、**戲劇**與更多**戲劇**。

或是來一個最棒的,她即將被女王陛下冊封為女爵士?帕洛瑪·帕拉維女爵士這個頭銜唸起來挺動聽的。

這一切想望的答案是一個大大的「**不**」。但帕拉維老師還不知道。

祕書領她進入校長的橡木辦公室。正如你所想的,這是一間歷史如此悠久的學校,校長室擺滿精裝書,牆上也掛著歷任校長的肖像畫。

「哦,大人,您召喚我。」

糟糕壞老師

帕拉維老師走進室內並高聲說道，斗篷在身後飄揚。「正是我，全世界有史以來最偉大的戲劇老師帕拉維！」

「是的！本人知道妳是誰！」時髦得**閃瞎人眼**的校長說道。[38]

校長通常都很嚴厲，沒有閒工夫跟這位笨老師和她那些更笨的作品攪和。「**坐下！**」她命令。

帕拉維老師慢慢又戲劇化地在椅子上落坐，她的屁股花了好幾分鐘才碰到椅面。[39]

38　校長時髦到連女王陛下見到她都要自慚形穢。

39　久到可以煮蛋了。

愛戲劇化的帕拉維老師

校長終於可以開口說話。「本人今天找妳來是因為需要談談妳的年度話劇公演提案。」

「《全本莎士比亞》，一刀未剪版？」帕拉維老師快活地問道。

「是的。」校長厭煩地說。

「此乃劇作家威廉·莎士比亞所著——非吾之寵物金魚威廉·莎士比亞。」

「儘管本人早就猜到了，但本人以為妳的寵物金魚不曾寫過劇本。」

「僅一、兩本，但都不好，牠們只喜歡一直繞圈圈繞圈圈，就像劇作家威廉·莎士比亞。」

校長翻個大白眼，帕拉維老師腦袋真的病得不輕。

「帕拉維老師，本人的回答是辦不到。」

帕拉維老師從來沒聽過這三個字，她一直以來都像大自然無窮的威力，任何人都無法抵擋，所以從來沒人對她說過「辦不到」。

震撼彈投下後，她開始演戲。

熱淚盈眶，激動地聲音發顫。

「然則，此乃吾之曠世傑作！吾將因此青史留名，萬世萬代譽為史上最偉大之戲劇老師。此次演出可謂**空前絕後**！莎士比亞三十七個劇本搬上舞台，在美好的夜晚完整呈現！」

「但一個晚上演不完吧？帕拉維老師？」

老師想了一會兒，數學不是她的強項，但每齣劇都需要三到四小時，她開始努力扳著手指數來數去。

「然也。」

「莎士比亞劇作往往後面長得令人傻眼，全部三十七本一次演完要多久？」

「應不致超過一週！」

「**一週！**」就連校長都**驚呆了**。

「您既殷切期盼如許，此劇可延續綿長，莎士比亞之十四行詩（譯注：共有一百五十四首）亦可列入。」[40]

40　十四行詩顧名思義就是每首詩都是十四行，但對某些人來說還是太長。

愛戲劇化的帕拉維老師

「不！」校長大吼，她已經失去耐性。

「十四行詩非也，但三十七齣戲然也？」帕拉維老師滿懷希望地問道。

「不不不！」

「非也？」

「然也！實乃非也！本人的意思是：『**沒錯，就是不行！**』還有，帕拉維老師，本人在此正式宣布，今後本校將不再舉辦話劇公演。」

這位老師生平頭一次嚇到**呆掉**，完全說不出話。

「話劇公演只會害得演員們**淒慘無比**，比演員更淒慘的則是被迫坐在觀眾席看完的人。本人已和校委會磋商，本校所有學生希望妳的戲劇教室改為羽球練習場。」

「羽球練習之地？」帕拉維老師不敢相信自己的耳朵，這簡直是前所未有的**侮辱**。「校長大人，吾是否理解汝之意？汝之所言是否意指撤銷史無前例之全本莎士比亞演出，以利女弟子從事──」她差點說不出那個關鍵詞。「──羽毛球運動？」

「沒錯，就是這個意思。」校長答道。「好了，帕拉維老師，本人有個極度時髦的學校要管理，祝妳今天順利如意！」她說著便起身，示意老師離開。

帕拉維老師依然坐在原位，視線直盯著前方。

「帕拉維老師？帕拉維老師？」校長在這位小姐的眼前揮了揮手，但沒有得到回應。

「喂呀，喂呀，第三次喂呀！」老師對自己喃喃悲嘆，聽起來宛如暴風雨將至時，天空出現的第一下雷劈。

「帕拉維老師？請不要反應這麼戲劇化！

「喂喂喂喂喂喂喂喂喂喂喂喂喂喂喂喂喂呀！」

她用哀號來回應，聲音極度尖銳，

窗玻璃隨即

震碎。

嘩啦！哐啷！

牆上的肖像畫紛紛墜地。。

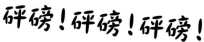

砰磅！砰磅！砰磅！

精裝書從架上彈出。

哐啷！哐啷！哐啷！

「立刻停止哭泣，帕拉維老師！」校長下令。

「出去！出去！出去！」她把老師趕出辦公室。

「嘘！嘘！嘘！」

帕拉維老師蹣跚走過長廊，斗篷在身後翻飛，

她在兩根巨大的廊柱間停步。

「喂喂喂喂喂喂喂喂喂喂喂喂喂喂喂喂喂喂呀！」

她大哭大叫，比剛才還誇張。

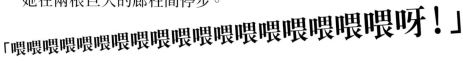 實在太大，古老的校舍開始崩塌。

轟隆轟隆！轟隆轟隆！轟隆轟隆！

天花板的豪華水晶吊燈墜落。

啾啾啾啾啾啾啾啾啾啾！

牆面的灰泥爆開。

啪嗒砰啪！

門脫離樞紐。

砰磅！砰磅！砰磅！

女學生和老師開始沒命狂奔，
逃離教室。

「啊啊啊啊啊啊！」

「不！」

「救命哪！」

大家逃到安全的草地上，留下帕拉維老師
一個人在校舍裡鬼哭神號。

「喂喂喂喂喂喂喂喂喂喂喂喂喂喂喂喂喂喂喂呀！

這次她朝著兩根巨大的廊柱使出全力，
震耳欲聾的爆裂聲破空傳來。

嘩啦！哐啷！轟隆！

廊柱倒塌，這棟大宅邸也一樣。天花板**塌陷**，牆壁**塌陷**，每個會**塌陷**的東西都**塌陷**。[41]

薩咇！ **轟隆！**

哐啷！

41　要是現場有「塌陷」這個詞，它也會塌陷。

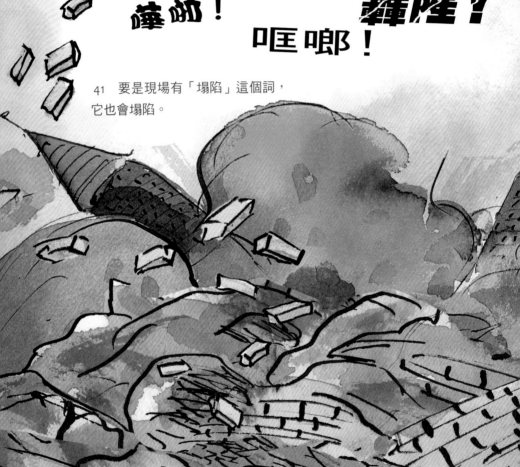

轟隆！ 砰磅！ 嘩啦！

很快的，這所歷史悠久的

浮華夫人時髦女子學校

就只剩下一堆碎石瓦礫。

一大團**煙塵**遮蔽每個人和每個東西。

唅咳！ 咳咳咳咳咳咳！

驚喘！

塵埃漸漸落定，所有教職員和學生看到一個孤獨的身影立在瓦礫堆中，遠遠望去很像雕像，因為完全靜止不動，從頭到腳全是灰塵和碎石。

「帕拉維老師！」校長叫道。

聽見有人喊自己，雕像忽然有了生命，她滿懷希望地問：「然則，吾僅執導三十六齣莎士比亞戲劇，不知您意下如何？」

無敵的爆克

爆克塊頭**超大**，身寬和身長完全一樣，就像一個穿著運動服的熱氣球。這位老師每天都穿運動服到校，但並不是他多麼努力地鍛鍊身體。他沒這麼積極，只是因為他是體育老師。

就算體育老師比樹懶還懶得動，他們還是必須穿運動服。

樹懶

體育老師

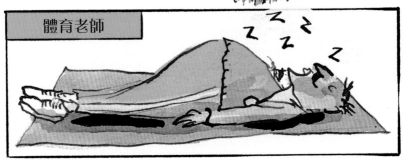

爆克一週五天都有不同顏色的運動服。

週一佛朗明哥粉紅……　　週二電光藍……　　週三深紫……

週四金絲雀黃……　　週五郵筒紅……

　　考量到整體造型，他留了濃密的**八字鬍**、前短後**長**的狼尾頭，**毛茸茸**的胸前還掛著一個大大的金質獎章。爆克老師認為自己是最酷的老師，但沒人認同，真是慘透了。廢話學校 的所有男學生都會在背後嘲笑他。

「哈！哈！哈！」

他們幫他取了一個綽號，而且流傳了一屆又一屆。

無敵爆克　　（譯注：The Incredible Bulk 跟無敵浩克的原文 The Incredible Hulk 只差一個字母）

這個綽號太殘忍了，但他就是超愛**吃**。這位老師隨時都在**吃**又大又多的肉食，**吃**了一百萬條臘腸捲後，他變成**超大**隻。如今，儘管爆克老師的外表一點都不像體育健將，他卻每堂課都在吹噓自己的運動**光榮史**。

「我本來可以奪得溫布頓網球大賽冠軍。」

他會一邊**吃**豬肉派，

一邊對學生說。

「就算是雙打，

我也都自己一個人打，二對一。

我就是這麼厲害，

比賽結束！」

嘟噓！

無敵的爆克

「英格蘭足球隊求我擔任他們的
世界盃總決賽隊長，但我週五剛好輪值
巡邏操場，所以只好拒絕。」

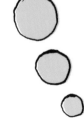

射門得分！

他一邊吹牛一邊把康瓦爾
餡餅的屑屑撒得學生全身都是。

噗吱！噗喳！噗嗤！

「問題就在我真的太會打拳了，
若能登上重量級世界冠軍賽擂台，
我一秒就能解決對手！我可以一
拳就把他打昏。」

砰！

他會一邊臭蓋，
一邊三兩口吞掉一根壓扁的臘腸。

「我被禁止參加國際橄欖球賽，
因為那對所有球員不公平。
他們會被我踐踏，
然後我一直一直得分。
放馬過來吧！」

唭呼！

他不管說什麼，最後一定要大叫一聲，哪怕會把嘴裡正在嚼的肉丸噴出來也無所謂，學生往往被他滿嘴的食物打中眼睛。

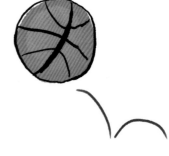

「籃球是我最拿手的運動，我可以在一英里外投進籃框，而且閉著眼睛，雙手反綁在背後。這就是為什麼你們看不到我打職籃，因為我覺得簡單到好無聊！」他會同時大嚼兩份臘腸捲，並洋洋得意地自誇。

秀爆！

「**卡滋！卡滋！**」

當然啦， 廢話學校 所有學生從不相信他的胡說八道，每次他說完，他們就會翻白眼——這是他們體育課唯一確實做到的運動。

有一天，一個男學生問道：「老師，如果您每種運動都這麼厲害，您為什麼會在 廢話 當老師？這所學校從來沒有贏過任何一項比賽！」

無敵的爆克

說得很對。 廢話學校 有個專門擺獎盃獎牌的櫥櫃，裡面空空如也，它就只是一個空櫥櫃。

「因為我遲早會替學校贏得金牌！」爆克一邊大口咬下培根三明治，一邊回答，結果就是對著學生噴棕色醬汁。

 「好噁喔！」

培根三明治是爆克最愛的食物之一，不過學校食堂的所有餐點他都愛——

臘腸捲

洞裡的蟾蜍

肉丸

油炸午餐肉餡餅

威靈頓牛柳

肝臟燻肉

唯獨不愛……蔬菜。

（譯注：當然不可能吃真正的蟾蜍，這是把香腸放進麵糊一起烤，據說因外觀看起來像是下雨後蟾蜍從洞裡探頭出來，才會取這個名字）

親愛的池塘食堂阿姨：
　請您原諒我，我是說原諒我兒子爆克，他不吃任何酥菜
或鞋狗。我，我是說他，~~過明狗敏滿名~~不喜歡吃這些，~~如~~
~~果我~~，我是說他非吃不可的話還會哭。那些東西吃起來真
的很噁。

感謝您
爆克的媽媽

　他堅決不吃任何蔬菜。

　「魯蛇才吃蔬菜。」這是他的座右銘之一。

　「懦夫才吃水果。」這是他的另一個**座右銘**。[42]

　爆克老師甚至隨身攜帶一張很舊的字條，大概是他母
親寫的，以防食堂歐巴桑逼他吃**蔬果**。

42　爆克老師認為「天天五蔬果」的意思其實是要人天天吃五種義大
利臘腸。

爆克老師有了這道免死金牌，吃飯時不會遇上麻煩（哪怕他沒辦法，我是說他媽媽沒辦法把正確的字寫出來），學生和其他老師可就慘了，他們不得不在午休鐘聲一響立刻衝去食堂。

　　叮鈴！　午休鐘聲響起，就像賽跑時槍聲一響，比賽立刻開始。

　　他們必須盡快趕到，否則爆克會在他們尚未抵達前就把主食一掃而空！這位老師會把滿滿一大盤的番茄牛肉義大利麵或當天菜單上的主食整大盤端走。

然後他會搖搖擺擺走到位子……

搖搖！擺擺！搖擺！

重重把托盤放下……

噹！

……接著把臉埋進食物狂吃。

他不贊成使用刀叉。

「半途而廢的人才講究禮節！」這是他的又一個座右銘。

爆克老師像農場上的動物在飼料槽吃東西，他幾乎不需要抬頭呼吸。

「卡滋！卡滋！卡滋！」

他終於抬頭呼吸時，臉上會黏滿食物。

飯前

飯後

他會打超大嗝。

「嗝！」　臭爆！

無敵的爆克

爆克打的嗝超多肉，多到你可以拿刀把那團氣體切片。

然後這位老師會朝甜點前進……

搖搖！擺擺！搖擺！　「嗝！」

臭爆～

……最後他再吞下巨無霸分量、以肉為主、媽媽準備的愛心便當，有一整隻烤豬、一公尺義大利臘腸，還有一百根雞腿。

搖搖！擺擺！搖擺！　「嗝！」

臭爆～

關於吃這麼多東西，他的理由是什麼？「美國運動員需要儘可能囤積能量，我不想愈來愈瘦！」他會一邊拍打大胖肚，一邊說道。

啪啪！

搖搖！擺擺！搖擺！

……然後蹣跚而去。

吃過兩份午餐後，他會倒在體育館的墊子上，睡整個下午。

「齁齁齁！齁齁齁齁！齁齁齁齁齁！」

爆克老師的食量或許驚人，但他的教學很貧乏。他的體育課是徹徹底底的笑話，更糟的是學校即將和對手進行一場盛大的比賽，但 廢話學校 沒有任何男學生接受過足球訓練。他們甚至連球也沒見過，更別說去踢它！

　　即將舉辦的是 校際足球冠軍爭霸賽 ，廢話隊正朝又一個災難前進！

　　男學生每週都會哀求：「老師，拜託拜託拜託拜託，我們能不能舉辦練習賽？否則我們會慘敗！」

　　「我有沒有跟你們說過我的羽毛球世界冠軍錦標賽？我打得太用力，把球直接打上外太空！」

　　「說過了，老師！」學生們齊聲說道。「說過一百萬遍了！」日子一天天、一週週又一月月地過去，眼看 校際足球冠軍爭霸賽 迫在眉睫。

學生們應該練習踢足球時，
爆克都在對他們吹噓自己的當年勇，包括：

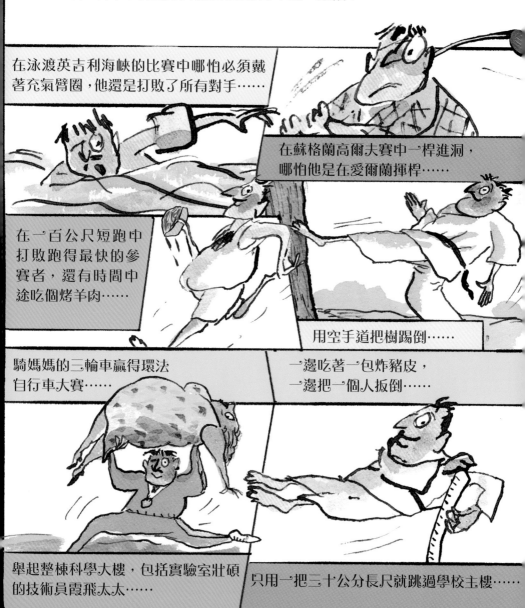

在泳渡英吉利海峽的比賽中哪怕必須戴著充氣臂圈，他還是打敗了所有對手……

在蘇格蘭高爾夫賽中一桿進洞，哪怕他是在愛爾蘭揮桿……

在一百公尺短跑中打敗跑得最快的參賽者，還有時間中途吃個烤羊肉……

用空手道把樹踢倒……

騎媽媽的三輪車贏得環法自行車大賽……

一邊吃著一包炸豬皮，一邊把一個人扳倒……

舉起整棟科學大樓，包括實驗室壯碩的技術員霞飛太太……

只用一把三十公分長尺就跳過學校主樓……

終於，盛大比賽來臨。 廢話學校 面對的是冠軍隊粗魯大學。這所學校年年贏得 校際足球冠軍爭霸賽 ，締造連續一百年常勝佳績。這沒什麼好訝異的，反正他們每次都作弊。

首先，雖然這是十二歲以下小朋友參與的賽事，粗魯大學的大多數隊員看起來都非常非常臭老，甚至有個傢伙在中線開球時還在刮鬍子。

咿咿咿！

粗魯大學隊

粗魯大再來，學球員比賽時專門使出一堆奧步。

他們會花很多時間
設法把你絆倒……

用手肘撞你的眼睛……

或是拿膝蓋
頂你的鼠蹊部……

以致他們
根本不用踢球。

第三，他們總是會想盡辦法讓球員的爸爸擔任裁判。

呼！

這樣一來，爸爸／裁判就會在 廢話隊 正準備上
場時就吹下比賽開始的哨音！

「傳給我！」粗魯隊隊長叫道，他臉上真的有鬍子。他的隊員在他身後散開，整個場面看起來宛如當地監獄發生大越獄事件，放眼望去全是骨折的**鼻子**、**刺青**和**毛毛腿**。

不用說，他們頃刻間就能打趴敵人。

可憐的廢話隊已經拚盡全力但毫無機會，
更別提他們從來沒有機會練習。

上半場結束，裁判吹哨。

比數是　**10**　**0**　對粗魯大學！

嗶嗶嗶！

糟糕！壞老師

　　爆克老師對這場比賽沒什麼興趣，他倒是密切注意桌上那些**三明治**，那是大會為球員準備的點心。很不幸，比賽還沒完，東西就被爆克吃光了，只剩下最後一個**加冕雞三明治**（譯注：據說這是一九六〇年代為了慶祝英國女王加冕而發明的餐點）。這位老師開始盯著桌子，心裡想著木頭啃起來不知道味道好不好。

　　 廢話隊 剩餘的球員蹣跚走過來。

　　「爆克老師，我們被打趴了！」隊長說。「接下來要怎麼辦？」

　　老師動也不動站在那裡，全身只有一個部位在動，就是他的嘴。他正在大嚼最後一個**三明治**，然後一口氣吞下去。

咕嚕！ 「嗝！」

　　臭到翻天覆地死去活來又無法無天！

　　為什麼會特別臭，

因為這最後一個

三明治是辣的。

　　他終於開口。

無敵的爆克

「同學們，聽我說，我可是冠軍中的冠軍！」

「不！你才聽我說！」隊長厲聲說道。「你是魯蛇冠軍！那些全是你捏造的故事！」

「全都是胡扯！」守門員也附和。

「我看過你接住的圓形物體只有肉丸！」中鋒也開始抨擊。

「哈！哈！哈！」

全隊都笑起來，老師看起來很傷心，他深深吸口氣，開始輕柔緩慢地說話。

「我不笨，你們背地裡罵我什麼，我都知道。給我取了綽號叫做**無敵爆克**！我熱愛吃又不是我的錯，況且人都有做夢的權利，不是嗎？」

這些孩子忽然覺得嘲笑老師很差勁，紛紛低頭看著自己的足球鞋。

「我知道我總有一天會成為**史最了偉**。」

「什麼東西？」隊長問道。

「**史最了偉**，也就是史上最了不起的偉人！那一天就是……今天！」

爆克說完，搖搖擺擺走上比賽場地。

搖搖！擺擺！搖擺！

「我們已經完了。」 廢話隊 隊長發表評論。

他和隊友站在場邊，目睹粗魯大學男孩們（如果這些傢伙真的算得上男孩的話）嘲笑爆克老師，好像是在說：「這個超大腫瘤是誰啊？」

「嘿！嘿！嘿！」

然而，當敵隊隊長試圖運球繞過爆克老師，他只不過把那顆超級大肚挺出去，結果就……

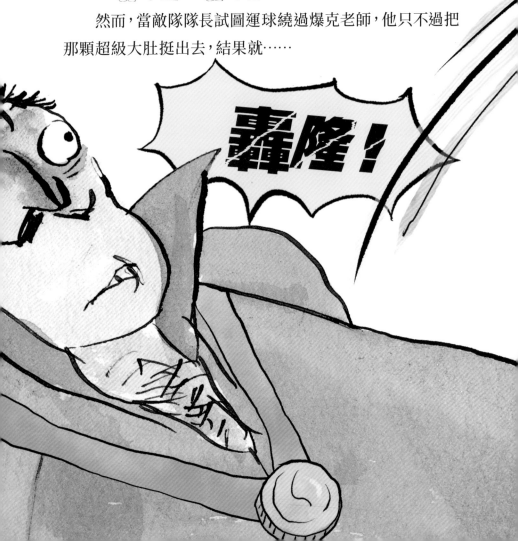

轟隆！

對方男孩／男人沒有任何機會，他猛力撞上爆克的大肚腩……

砰！

……立刻被彈到半空中。

碰！

粗魯隊隊長落在場上遠遠另一端的爛泥裡。

嘩啦！

嘎吱！

「一個倒下！」爆克叫道。

裁判吹哨……

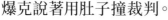

嗶嗶嗶嗶嗶嗶嗶嗶嗶！

……然後取出紅卡，把這位體育老師趕下場。

「你好大的膽子！那是我兒子！他才剛滿三十歲！」裁判叫道。

「哦，我就這麼大膽。」爆克應道。「我就這樣！」

爆克說著用肚子撞裁判。

砰！

「啊！」

裁判慘叫著被彈上天空，最後落在教堂頂端，尖塔刺進他的屁股。[43]

「痛死啦！」

就在這時，粗魯大學隊速度超快的一名前鋒搶到球，他根本就是用手抱球。[44]

他正要伸出腳把球踢進球門得分，爆克搖搖擺擺擋住他的去路。前鋒就這樣直接撞上這位老師的大肚腩。

他也一樣飛了出去，劃破半空……

「哎唷！」　搖擺！　**砰！**

……最後越過他們自己的守門員，撞進球門的網中。

43　在所有可能刺進屁股的物件中，讓人最痛的就是教堂尖塔，其他包括仙人掌、刺蝟與中世紀武器連枷，以上我都不推薦。

44　我不是足球專家，但據我所知，用手抱球違反足球規則。

射門得分！

爆克得意洋洋地喊，
但嚴格來說這「球」不算。

廢話隊 還是高聲
歡呼。

粗魯大學隊隊長
納許踩著重重的步伐
上場。「萬歲！」

咚咚！咚咚！咚咚！

他捲起袖子，高舉雙拳，一副準備大打出手的架式。

「老兄，你到底以為自己在幹什麼？」他質問。

「這樣！」爆克咧嘴一笑答道，用大肚腩撞他。

搖擺！

砰！

「啊！」

爆克把對方撞得飛過觀眾頭上。

納許一頭撞上一棵樹⋯⋯

咚！

⋯⋯就這樣昏死過去。

他一路滑下樹幹，途中被每一根樹枝打中。

咚！咚！咚！咚！咚！

納許癱倒在草地上。

啪嗒！

「嘟嚕！」爆克叫道。
「下一個是誰？」

粗魯大學隊嚇得渾身發抖，
拔腿逃到遠遠的邊上，只剩下
最強壯的一位，他勇敢上前迎戰
爆克。他把手上原本端著的
大啤酒杯交給隊友，死盯著
這位體育老師。

「大塊頭，我才不怕你！」
他用陽剛深沈的嗓音吼道。
這傢伙真的很老，老到頭髮
全掉光了。他的指節有「恨」
以及更多「恨」的刺青。

爆克微微一笑。

「那就來啊，矮冬瓜！」

禿頭[45] 朝足球重重一踢。

噠！

然後他追著球穿過場地。

噠噠！噠噠！噠噠！

爆克向後搖搖擺擺退了幾步，守住 廢話隊 球門。

搖搖！擺擺！搖擺！

體育老師的噸位實在太大，把整個球門都遮住。

禿頭沒地方可去，就這樣硬生生撞上爆克的超級大肚腩。

搖擺！

砰！

45　給人取綽號叫「禿頭」很沒禮貌，但沒頭髮的人通常不是被叫禿頭就是「光頭」。

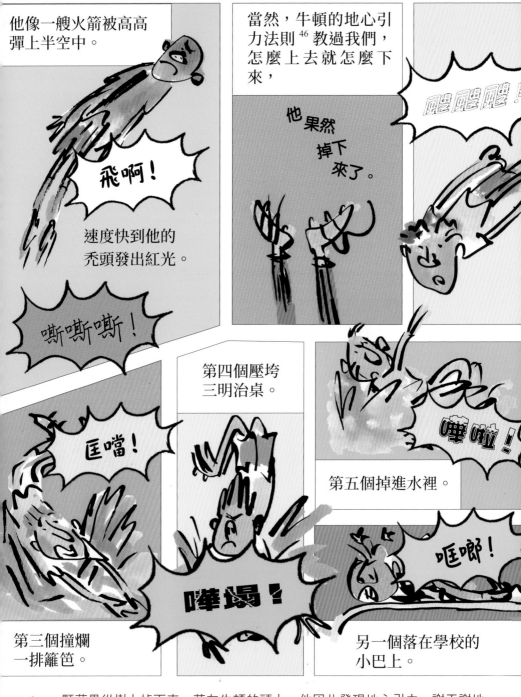

他像一艘火箭被高高彈上半空中。

飛啊！

速度快到他的禿頭發出紅光。

嘶嘶嘶！

當然，牛頓的地心引力法則[46]教過我們，怎麼上去就怎麼下來，

他果然掉下來了。

颼颼颼颼！

匡噹！

第四個壓垮三明治桌。

嘩啦！

第五個掉進水裡。

嘩塌！

呸嘟！

第三個撞爛一排籬笆。

另一個落在學校的小巴上。

46　一顆蘋果從樹上掉下來，落在牛頓的頭上，他因此發現地心引力。謝天謝地，幸好當初不是整棵蘋果樹垮在他身上，否則我們到今天還會在宇宙中飄浮。

糟糕壞老師

「 廢話隊 ，你們還在等什麼?」爆克老師高聲喊道。

他的隊員紛紛跑進場中，爆克趾高氣昂、大搖大擺地走到粗魯隊的球門。今天是他最得意的一天，他要盡享所有榮耀。他靠著門框讓呼吸平穩下來，然後下令:「把球傳給我!」

學生照辦，爆克輕輕把球拍過界線。

「射門得分!」他高聲宣布。

體育老師從來沒有這麼高興的樣子。

「傳給我!」

廢話隊 再度照辦。

一點都不出人意料，輕鬆拿下第二分。

射門得分!

然後又一分。

射門得分!

然後又一分。

射門得分!

然後又一分。

射門得分!

無敵的爆克

這位老師很快就得了幾百分，他大多時候根本沒踢球，只是球剛好被他的大肥腿反彈進球門。很難算清到底得了幾分，但裁判從教堂尖塔居高臨下努力判斷，最後給了一個數字：「三百九十七！」

裁判吹哨，宣布比賽結束……

嗶嗶！

……爆克開始繞場一周慶祝勝利，這位老師得意到無法搖擺行進，於是他命令 廢話隊 ：

「**抬我**！」

「你什麼，老師？」隊長問道。

「**抬我**！」

「你一定在開玩笑！」

「**抬我**！」

「可是，爆克老師，你的體重一定有一噸！」

「其實是兩噸！快，來嘛，我剛替你們贏得一座獎盃耶！讓這位冠軍繞場一周，快點！

拜託！把我抬起來！」

學生們擔心地彼此互望，隊長命令他們圍繞體育老師，數到三就把他抬起來。

「一！二！三！」

他們使出吃奶的力氣，把他舉高。

他們有一瞬間撐住，但就那麼一下子而已，小小的臂膀很快投降，爆克直接跌在他們身上。

碰磅！

「救命！」

「哎呀！」

無敵的爆克

「我被壓扁了！」

真令人難過，爆克老師永遠沒辦法完成夢寐以求的勝利繞場。然而， 廢話隊 所有隊員出院時，學校舉辦了一次特別慶祝會。爆克身穿全新金色運動服，背上繡著「史最了偉」四個字，終於贏來畢生最榮耀的時刻。當著全校面前，他將 校際足球冠軍爭霸賽 獎盃高舉過頂。

「沒錯！史上最了不起的偉人！」他說，全校都為他歡呼。

「萬歲！」

為了慶祝這個時刻，他大口咬下一個巨大的臘腸三明治。

卡滋！

「嗝！」

臭爆！

這個飽嗝的肉多到形成一團雨雲，還下起肉汁。[47]

這已經是好幾年前的事了，但爆克目前還在 廢話學校 任教。直到今日，他依然整天對學生吹噓那些運動光榮史，把他們煩到快昏倒。

47　這種事確實有可能發生，牛頓天縱英才，可惜沒機會親身經歷。

當然，這些故事全是廢話，只有一個不是，亦即他得到
無敵的三百九十七分那次。

這一次可是千真萬確，絕對不假。
學生給他取的綽號真的取對了。

爆克老師

真的無敵。

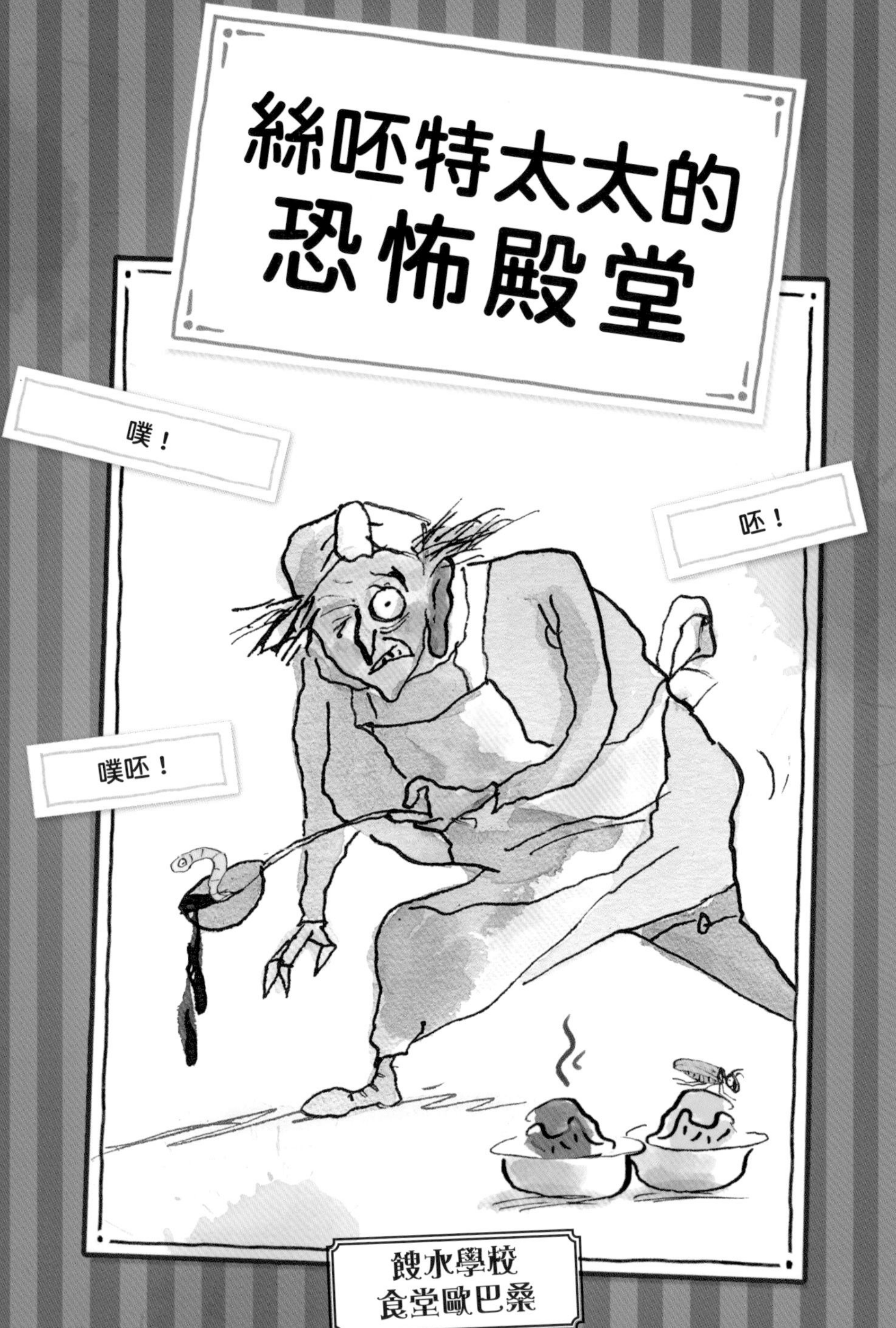
絲呸特太太的
恐怖殿堂
噗！
呸！
噗呸！
餿水學校
食堂歐巴桑

絲呸特太太的
恐怖殿堂

「邪惡」是一個強而有力的指控，但它仍無法淋漓盡致地形容絲呸特太太。她是以鐵腕掌權的餐廳歐巴桑，這句話百分之百屬實，因為她只有一隻手，而另一隻是金屬材質的義肢。

絲呸特太太的恐怖殿堂

傳說她為了撈一根湯匙，手伸進她的自製肉汁裡，在鍋底翻找，因為肉汁太毒，把她的手侵蝕掉了。

嘶！嘶！嘶！

這些年來，絲呸特太太在身上添加的零件不只那隻鋼鐵手。

噢，不會吧？！

她有一隻耳朵是橡膠做的，它閃閃發亮，而且比另一隻耳朵大得多，但她無法用那隻耳朵聽到任何聲音。謠傳有一次她拿斧頭切豬肝時，不小心連自己的耳朵也切掉了。

口客！

她的左眼是玻璃做的。根據 餿水學校 的傳聞，左邊眼球掉出來的時候，絲呸特太太正敲打著特別硬的大肉塊，她看見眼球滾過檯面，還以為是顆糖球，把它給整顆吞掉了。

咕嚕！

絲呸特還有一隻木造的腿，關於這個故事也是代代相傳。這位餐廳歐巴桑掉進一大桶她自製的滾燙卡士達醬，腿就這樣被燒掉了。

嘶！嘶！嘶！

絲呸特還戴著一頂粗糙得嚇人的黑色假髮。據說她有一次打開烤箱門，取出她烤的砂鍋肉，結果鍋子爆炸，把她的頭髮和眉毛燒光了。如果沒有戴假髮，絲呸特的頭就會像顆蛋一樣光禿禿。

蛋

絲呸特太太

當她需要好好洗刷那堆老舊到可以作古的鍋子或平底鍋時，她會直接扯下假髮來當刷子。

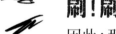

刷！刷！刷！

因此，那頂假髮滿是焦黑的污漬和油膩的褐色殘渣。

絲呸特還裝了假牙，故事是這樣子的，她有一次咬下自製的岩皮餅乾，結果把牙齒咬斷了。她做的岩皮餅乾聲名遠

絲吪特太太的恐怖殿堂

播,比水泥還要硬邦邦。倒不如去啃房子,嚼起來比較美味。

絲吪特的假牙會在嘴裡咯咯作響。

咯!嘎!喀!

有時候她罵人時,會看到假牙飛出來。

「你這隻害蟲,回來……!」[47]

咚! 「哎唷!」

絲吪特太太在 餿水學校 的餐廳工作多年,已經沒人記得到底多久了。

也沒有人知道她到底幾歲,她看起來就非常老,有些人猜她可能八十幾歲,還有人猜她已經一百多歲。少數學生相信她可能已經活了幾千年,就像不死族,永遠不會死,註定要橫行地球,直到天荒地老。這個想法說不定是真的。

有件事讀者知道後可能會覺得有趣:全世界的糟糕壞歐巴桑都是一個祕密組織的成員。它的簡稱是**恐食歐幫**,

全名則是

恐怖食堂歐巴桑祕密幫派

---

47 她很喜歡用「害蟲」來稱呼學生,儘管她烹煮的餐點主要食材就是致病的齧齒類動物。

　　恐食歐幫會在每個新學期開始的前一個週日晚上，約莫午夜時分，在一個高機密的地點 48 舉行集會。她們會趁這個機會分享噁爛食譜、交換廚具，同時也是刑具，還會選出新任幫主。絲吀特太太已經連續五十年都獲選為**恐食歐幫**幫主，儘管其他餐廳歐巴桑也都非常凶殘，但從來沒有人膽敢挑戰她的權威。你敢嗎？

48　我不能輕易對你透露這個地點在哪裡，要是我這麼做，就要立刻找地方藏身，否則餐廳歐巴桑們會來追殺我，逼我吃下一噸的水煮甜菜根。

絲吙特太太的恐怖殿堂

盡所能烹煮讓人反胃的餐點，絲吙特太太對此可是樂此不疲呢！

大多時候都是終極恐怖燉菜，她熱愛烹煮燉菜，因為她可以把手邊的東西都丟進鍋裡。也就是說，今天的燉菜有可能是昨天剩下的燉菜，而昨天的燉菜則是前天剩下的燉菜，以此類推，一直推下去。你有很高的機率正吃著上個星期，或是上個月，或是去年，或是十年前的，或是上個世紀的剩菜。

不過，燉菜裡可不是只有剩菜。真是不得了！絲吙特太太臭到熏死人不償命的燉菜裡，曾被目擊**漂浮**著各種東西：

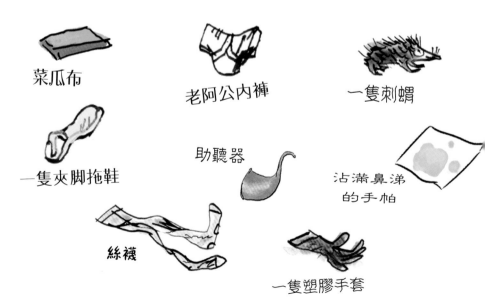

菜瓜布

老阿公內褲

一隻刺蝟

一隻夾腳拖鞋

助聽器

沾滿鼻涕的手帕

絲襪

一隻塑膠手套

一副假牙
拖把和水桶
卡著許多毛髮的黏毛器
眼鏡
倉鼠的滾輪
拐杖
一個娃娃頭
一個斷頭娃娃
一隻高跟鞋（大概是一雙的其中一隻）
購物推車
羽毛球
一隻襪子
一個名叫克里夫的人
「大家好，我是克里夫。」

餿水學校的所有人要是沒有吃完餐盤裡的食物，就會惹上**大麻煩**，絲呸特太太會逼近他們，用鐵拳揮舞著大鐵勺，直到他們吃下最後一口為止。如果他們沒吃，她會用拳頭重擊他們……老師也不例外。

「啪嗒！」

「啊！」

然後對他們大聲吼叫：「害蟲，把盤子舔乾淨！」

當然，如果大家都把盤子舔乾淨，絲哑特太太就省下刷洗碗盤的時間，對她來說真是方便。

餿水學校 的每個人被強迫一定要吃學校餐廳供應的餐點，嚴禁帶便當，絲哑特太太會嚴格把關。每天早上，她和她的餐廳歐巴桑大軍會站在校門口，攔下每個經過的人並仔細搜查，逐一清空他們的口袋和書包。任何違規的薯片、餅乾或巧克力棒都會被餐廳歐巴桑沒收，奉獻給她們的五臟廟。

阿姆！阿姆！阿姆！

有一次，絲呸特太太甚至吃下一個木製鉛筆盒，因為它是棕色的，她必須確認它不是巧克力。

口容！

其實她還滿喜歡吃這東西的。

「嗯！好吃！」

哪怕她吃到假牙都卡在上面了。

「我的牙齒？」

絲呸特太太對 餿水學校 的恐怖統治，使得每個孩子都對她懼怕得要命。

絲吚特太太的恐怖殿堂

只有一位學生例外。

她叫嚼嚼，因為她無時無刻都在嚼口香糖，而且還是吹泡泡專家。泡泡破掉前，嚼嚼可以吹出跟海灘球一樣大的泡泡。

那天早晨，嚼嚼悠悠地晃進校門口，像往常一樣嚼著口香糖。

嚼！嚼！嚼！

當然囉，絲吚特太太早就在等她，餐廳歐巴桑大軍也在她身後一字排開。

「妳這隻害蟲，把口香糖吐掉！」絲吚特太太下令，她用完好的那隻眼睛瞪著女孩。

「為什麼，絲噗特太太？」女孩回應道，她很喜歡故意喊錯這位歐巴桑的名字。

「我叫絲吚特，不是絲噗特。還有，妳不識字嗎？」

餐廳歐巴桑伸出金屬手指，指向她貼在校舍上的巨幅告示：

校內禁帶外屎

她寫錯字是家常便飯。

「口香糖又不是食物。」女孩發表意見。

「它就是。」絲呸特太太駁斥。

「它不是。」

「哦，好吧，那麼聰明的燈籠褲小妞，它是什麼？」

「口香糖啊！」

操場上幾百位學生看見這一幕都哈哈大笑起來。

「哈！哈！哈！」

「安靜！」絲呸特太太命令，她摩拳擦掌，將

鐵拳擊向另一隻手的手掌。

啪啪答！

絲吘特太太的恐怖殿堂

「好痛！」她哀號。「孩子，妳聽著。它既然在妳嘴裡，而妳又正在咀嚼它，那它就一定是食物。」

「很抱歉，我必須說您弄錯了，絲噗特太太──」

「絲吘特！」

「隨便啦，重點是，妳嚼過口香糖後就會把它吐掉。對於妳那些噁心的餐點，我們其實也很想這麼做。」

「哈！哈！哈！」學生們哄堂大笑起來。

女孩說著，她朝餐廳歐巴桑的臉吹起一個超大泡泡……

然後她就閒晃走掉了。

「哈！哈！哈！」

絲吘特把粉紅色口香糖從臉上撕了下來。

她還來不及報仇，第一節的上課鐘聲已經響起。

叮鈴！

她被一個小女孩當白癡耍，不禁氣得七竅生煙，她下定決心要解決這隻害蟲，一勞永逸。

絲吘特一跛一跛地走向餐廳，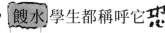學生都稱呼它恐

糟糕壞老師

怖殿堂。

噠！噠！噠！她的木製腿發出聲響。

餐廳歐巴桑一回到廚房，就開始構思**邪惡計畫**。

「今天，我們要做有史以來最噁心、最難吃又毒的菜色！」她向餐廳歐巴桑大軍宣布。

「我還以為我們每天都在這麼做了。」戴眼鏡的一位歐巴桑插嘴說道。

「是這樣沒錯，謝謝妳提醒，不過今天我要給那隻害蟲一個永難忘懷的教訓。」

「嚼嚼！」鷹鉤鼻歐巴桑叫道。

「沒錯，妳猜對了！我要用今天供應的餐點把那個討人厭的小鬼嚇得逃之夭夭！」

廚房響起歡呼聲。

「萬歲！」

餐廳歐巴桑們馬不停蹄開始動作。中午時分，絲哑特

這幫人已經做出史上最令人反胃的學校餐廳菜色。

叮鈴！

午休鐘聲響起。絲哑特太太一把扯下假髮，用它迅速擦抹一遍廚房檯面，啪的一聲把假髮戴回頭上，然後就站在幾個大托盤餐點的後面等待，如果那些玩意兒也可以叫做餐點的話。

她的鐵手握著大鐵勺，完好的那隻耳朵聆聽著有沒有嚼嚼出沒的動靜，完好的那隻眼睛也四處尋找的她蹤影。

嚼嚼推開餐廳大門入內時……

嗞啦！

被那股味道嚇壞了。

臭爆！

餐廳的食物向來都很臭，但今天的惡臭足以把人熏到昏倒。

臭臭臭臭臭！

臭到 餿水學校 所有師生被熏得咳嗽，嗆到喉嚨 眼淚狂流。

「咳！咳！咳！」

「水！水！」

「叫救護車！」

嚼嚼捏著鼻子，心驚膽戰地靠近餐檯，正在冒泡泡的一鍋東西看起來像燉菜，儘管聞起來比較像露營地的廁所。[49]

「又見面了，同學。」絲吡特太太低沉地說道。

「午安，絲吐特太太。」女孩一派輕鬆地說道。

「是絲吡特！」

「我剛就是這麼說的啊，絲噗特。這鍋燉菜是什麼料？」

「**燉菜**就是燉菜！」絲吡特太太大吼，假牙噴飛，穿越這個恐怖殿堂。

49 　如果你從沒有露過營，那只好發揮想像力。相信我，絕對是臭毛毛[50]。

50 　一個可以在《威廉辭典》裡查找到的詞彙。

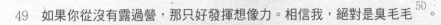

絲�特太太的恐怖殿堂

咻咻咻咻咻！

掉進一個可憐孩子的蕁麻湯裡。

咚！

嘩啦！

「噁爆了！」

幸好有位下巴毛髮很多的餐廳歐巴桑撈起假牙，還給她尊貴的幫主。

「我是說，裡面是什麼肉？」女學生問道。

「路倒屍。」絲startedAt特太太裝戴好假牙後回答。「看起來像是松鼠，也可能是狐狸，或是紅毛巨鼠，很難辨認，因為牠被卡車壓得很扁。噗吱？」

「這也太噁心了吧！」女孩評論道。

「多謝妳的好意，同學。」餐廳歐巴桑說道，對她來說，這真是至高無上的誇讚。

「我才不要吃。」

「沒關係，沒關係。」餐廳歐巴桑得意地說，領著女孩來到檯面上更噁心的另一道菜。「我還做了這份派，剛出爐的。」

女孩低頭看著派。

「這是什麼派？」她問道。

「**派就是派！**」她的假牙再次自由地急速飛越。

啪啪啪啪啪！

這次掉進一位老師的甲蟲牛奶凍裡。

噗通！

「嘔嘔嘔！」

這次換戴著受傷眼罩的餐廳歐巴桑幫絲吓特太太撈回假牙。

「吃一片！」絲吓特太太命令道。「會讓妳驚艷無比！這是我特製的驚艷之派！」

就在這時，嚼嚼忽然看見派皮底下有東西在動！那東西是活著的！

「那是什麼？」她嚇了一大跳，趕緊問道。

「什麼是什麼啊，同學？」餐廳歐巴桑裝糊塗。

「派皮下面有東西在動！」

這時剛好有爪子從那下面伸出來，絲吓特太太用大鐵勺把它打回去。

喳喀！

「**吱吱吱吱吱！**」派皮底下的生物發出叫聲。

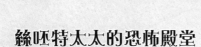

絲呸特太太的恐怖殿堂

「我可以非常自豪地告訴妳，我做菜只用最新鮮的食材。」絲呸特太太高聲宣布。

「不但新鮮，還是活的！**我絕對不會去吃！**」

餐廳歐巴桑漸漸對這樣的對話感到不耐煩，她只希望這個女學生趕快吃些東西。

「哦，那麼同學，還有一項選擇。」她帶著女孩沿著餐檯繼續走。「我把最好吃的留到最後，就是大水餃。」

這些所謂的「大水餃」是棕色的，還冒著熱氣，看起來活像是某隻動物早上才剛「大出來」的玩意兒。

「這根本不是大水餃！」女孩叫道。

「噢，是大水餃啊，同學。我可是親眼看見這些大水餃被『大』出來，所以才叫這個名字啊！」

絲呸特咯咯笑起來，她身後那幫餐廳歐巴桑也跟著發出咯咯的笑聲。

「呵！呵！嘻！」

女孩不為所動。「我絕對**絕對絕對絕對不會吃！**」

「哦！妳非吃不可，同學，這是妳最後的機會了。所以，就吃大水餃！」

絲呸特開始用大鐵勺舀一些冒著煙的棕色鬼東西到女孩的餐盤裡。

「**不！**」嚼嚼驚喊。

她喊得超大聲，整個**恐怖殿堂**忽然安靜下來。

從來沒人敢對絲呸特太太說「不」，所有目光轉向餐廳歐巴桑，只見她正綻出最完美的邪惡笑容。

「**呵！呵！嘻！**」

她笑得太用力，假牙再度彈出來，落在燉菜裡。

嘩啦！

燉菜因此潑濺到女孩身上，淋得她從頭到腳都是。

「**嘔~**」嚼嚼大聲喊道。

她忽然感覺到比燙還更熱燙。

「哎唷！這個東西在燃燒我的皮膚！」

「哦，我一向喜歡烹調辛辣的燉菜。」

餐廳歐巴桑說著，將鐵拳伸進燉菜鍋裡⋯⋯

唭唭唭~

她取出假牙，重新裝回去。

這堆垃圾我一樣都不會吃！

女孩大叫。

「同學，妳一定要吃一樣。」餐廳歐巴桑答道。

「哼，我才不要！」嚼嚼抵死不從。

「就連一顆豆子也不吃？」餐廳歐巴桑故作無辜。

「豆子？」

「對，不過就是一顆小小的豆子，不會對妳造成任何傷害，這樣總可以了吧，同學？」

女孩感到不安，總覺得是個陷阱。

「就一顆豆子？」嚼嚼問道。

「就一顆豆子。」

「上面沒有淋醬汁？」

「沒有淋醬汁。」

「也不會有任何辛辣調味？」

「不會辣。」

「裡面沒有塞任何東西？」

「沒有塞東西。」

「那好吧。」嚼嚼說道。「我今天午餐就吃一顆豆子！」

餐廳歐巴桑露出猙獰的笑容。

「同學，這就為妳端上一顆豆子！」

嚼嚼看向堆放食材的菜盆，那裡有像山一樣高的蔬菜，都是小孩討厭吃的，包括球芽甘藍、甜菜根、大黃根、捲心菜和花椰菜，但沒有看見豆子的蹤影，一個也沒有。

「豆子在哪裡？」女孩問道。

「我正在熱，同學！」絲吁特太太答道。

餐廳歐巴桑開始用鼻子發出恐怖至極的聲音。

擤！嘖！噌！

「妳到底在幹嘛？」女孩問道。

「準備上菜妳的豆子啊！」

噌！嘖！擤！

她最後再擤了一下，一顆綠色丸狀物體從她的鼻子噴出來，「叮」的一聲落在女孩的盤裡！

女孩瞪著那個東西。

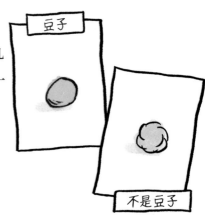

豆子

不是豆子

絲呸特太太的恐怖殿堂

「這不是豆子。」女孩理直氣壯地說。

「不然那是什麼，同學？」絲呸特太太低沉地說道。

鼻屎！

才不是！

就是鼻屎！

不是鼻屎！

就是！

不是！

明明就是！

對！是鼻屎！

絲呸特太太說。

才不是鼻屎！

嚼嚼回應道。

啊哈！

餐廳歐巴桑的奸計得逞！

「就是鼻屎！」嚼嚼挫敗地喊叫。

「安靜！然後吃下妳的蔬菜！蔬菜對身體好！」

「那種蔬菜才不好！」

「吃掉！」

才不要！

「哦，妳一定要！哦，妳非吃不可！」

絲呸特太太說著，抓住女孩的肩膀，把她按在長椅上。

「吃，害蟲，快吃！」她命令道。

「不要！」

餐廳歐巴桑舉起鐵拳重重地擊打在餐桌上……

砰磅！

桌上所有盤子都被震飛到半空中。

叮！

絲咂特太太的恐怖殿堂

哐噹！哐啷！轟咚！

坐在桌邊的孩子們被燉菜、派和水餃撒了一身。

「啊！」他們喊道，被這些東西淋到有夠噁心，但總比被迫吃進肚子裡要好。

「吃下去！否則我保證要妳付出慘痛的代價！」絲咂特太太怒吼。她的假牙再度噴飛……

咻————！

打中一個男孩的頭……

叩！

這一下讓他臉朝面前那盤燉菜裡栽了進去。

噗通！

「我說了，『不要』！」女孩喊叫。

　　絲呸特氣急敗壞地高聲怒吼道：「**害蟲！**」然後她的鐵拳朝牆壁重重地捶去。

咚！

這一擊瞬間炸出煙塵，瀰漫整個餐廳。

呼嘩！

大家開始又咳又吐的！

「咳！咳！咳！」

絲呸特使盡全力要將拳頭從牆壁裡拔出來，但辦不到。

「噢！呃！啊！」

她的拳頭依然卡在裡面。
她又拉又扯，使了盡拉扯，
但鐵拳就是一點動靜也沒有。

　　「看看妳對我該死的手做了什麼！」她咆哮。

　　餐廳歐巴桑連腳都派上用場，她舉高一隻腳抵著牆壁，**拽了又拽、拽了又拽、拽了又拽**，接著聽見一個聲音……

〈〈口客！〉〉

絲呸特太太的恐怖殿堂

她的手臂和金屬拳頭應聲分開了。

「**不？**」餐廳歐巴桑悲號。

少了鐵拳，絲呸特頓時沒了氣勢。她毫不猶豫地旋開木腿，以便繼續顯露令人恐懼的氣勢。

我旋！我旋！我旋旋旋！

她拿著木腿敲打餐桌。 **磅！**

「接下來就輪到妳了，害蟲！」

如果絲呸特有先想想，她就會明白自己並不能像紅鶴那樣單腳站立。她驟然發現身體失去平衡，臉上閃過一抹驚恐。

「**不——！**」 **砰咚！**

絲呸特還來不及反應，整個人已經面朝下趴在油膩的餐廳地板上。

「好痛啊！」

好像還不夠慘似的，她的玻璃眼珠掉出來，滾過地板。

滾啊滾啊滾啊滾啊！

她掙扎著跪坐起來，橡膠耳朵忽然掉了下來。

喳喀！

她撿起耳朵，竟然企圖將它直接黏在學生們的臉上，把大家都嚇壞了。

「噁！」 「不！」 「救命！」

「孩子！別以為我聽不到你們說什麼！」她吼道。

「現在，害蟲，**吃掉那顆豆子！**」

「**不！**」嚼嚼大聲吼道。

絲呸特惱怒地扯下假髮，丟向女孩。

嘿呀咻呀咻 呀咻 呀咻 呀咻 ! !

嚼嚼彎腰閃躲而過，假髮掉入老歷史老師安提奎特先生的燉菜裡。

嘩啦！

「抱歉，女士。」他開口說道。

「我的燉菜裡好像有頭髮。」

雖然這麼說，這位老先生還是繼續吃東西，他其實還挺喜歡吃絲呸特太太煮的菜，是全校唯一一位。

現在餐廳歐巴桑少了一條腿、一隻手、假髮、左眼還有左耳，她都只剩下原來的一半了。但她依然緊咬嚼嚼不放。

「妳這隻害蟲，妳會吃我的鼻屎，即使這是妳最後能做的事情！」

「**喔！我才不吃！**」

女孩的手如閃電般迅速地伸進口袋裡，掏出一大包口香糖。這口香糖品牌是：

絲呸特太太的恐怖殿堂

她一打開包裝紙就把整包**雙倍泡泡**塞進嘴裡，接著像個機器般嚼嚼嚼。

「咬咬咬！嚼嚼嚼！咬咬咬！」

接著，嚼嚼以最快的速度開始吹泡泡。

□休！□休□休！□休□休□休！

「害蟲，餐廳不准吃口香糖！」絲呸特太太在地板上大吼著。

嚼嚼持續吹著，又吹，再吹，一直吹。

糟糕 壞老師

啵！

泡泡起先跟乒乓球一樣大。

啵啵啵！

接著跟西瓜一樣大。

「立刻把它吐掉！」

啵啵啵！

接下來跟地球儀一樣大。

啵啵啵啵！

最後它跟熱氣球一樣大。

「這會是我最
後一次戳破妳
的泡泡！」

絲呸特舉起手指，嘗試用又髒
又長的指甲刺破泡泡。

我刺！我刺！我刺！

絲吓特太太的恐怖殿堂

然而，絲吓特太太沒有成功戳破泡泡，反而被泡泡裹住了，餐廳歐巴桑整個人困在泡泡裡了！

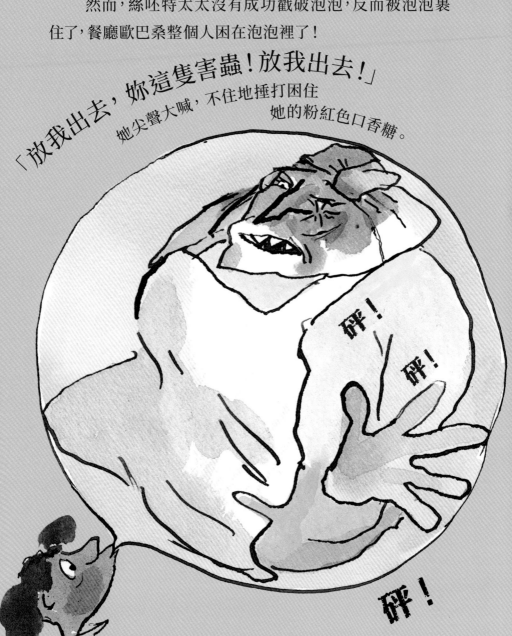

「放我出去，妳這隻害蟲！放我出去！」她尖聲大喊，不住地捶打困住她的粉紅色口香糖。

「同學們，我需要大家的幫忙！」嚼嚼大叫。「在場的每一個人都要！」

餐廳裡所有學生一躍而起。

「敞開大門並穩住！」女孩下令。

離門最近的兩個學生一左一右把門拉開並擋住。

「其他人都到我旁邊來，一起吹！」

「吹？」最小的男生問道。

「相信我！只有大家一起才會成功！

三！二！一！吹！」

所有孩子立刻照辦，他們噘起嘴唇，盡全力吹。

呼咻咻呼咻咻呼咻咻

饅水學校 的學生一起製造了一道強而有力的風，把巨無霸口香糖泡泡和被困在裡頭的絲吁特太太吹出了恐怖殿堂。餐廳歐巴桑們全都訝異地望著她們尊貴的幫主從眼前飄過去。

「不一!」

絲吓特太太悲憤地
叫喊著,捶打著泡泡
糖。她嘗試吐出假牙,
想要把泡泡糖戳破一
個洞。

「我呸!」

啾啾呼啾啾!

但假牙被粉紅色泡泡反彈回來,直接砸中她的鼻梁。

砰咚!

「好痛!」她尖叫。泡泡這時已經航行穿越門口,
飄進操場了。

「同學們!追上去!繼續吹!」
嚼嚼下令。

呼呼呼呼呼呼呼呼呼呼呼!

學生很快就把大泡泡吹上高空,一個閃神,邪惡的絲吓
特太太已經是天空中一顆粉紅色的小點了。

「再見啦!」嚼嚼大聲叫道。「我們這群害蟲會很想念妳的!」

所有孩子放聲開懷大笑起來。

「哈!哈!哈!」

「對了!我們叫披薩來吃!」

女孩喊道。

「好耶!」所有人齊聲歡呼。

怕怕校長的
恐懼

　　並不是所有糟糕壞老師都是惡棍，有一些只不過是很壞很壞很壞的老師罷了。

　　這是一個很壞**很壞很壞很壞很壞**的老師的故事。事實上，這老師壞到他從來沒有教過書。

怕怕校長的恐懼

身為老師卻不教書？這是在胡扯什麼？請聽我娓娓道來。怕怕校長是老師的最高主管。

其實怕怕校長在許多方面都是老師的典範，原因如下：

梳理整齊的髮型

寬邊眼鏡

筆挺的白襯衫

不太大也不太小的鬍子

條紋領帶

口袋方巾

美觀的灰色三件式西裝

穿搭有形的襪子

擦得晶亮的皮鞋

米糟米糕壞老師

然而，怕怕校長很容易恐懼，他超級害怕時就會：

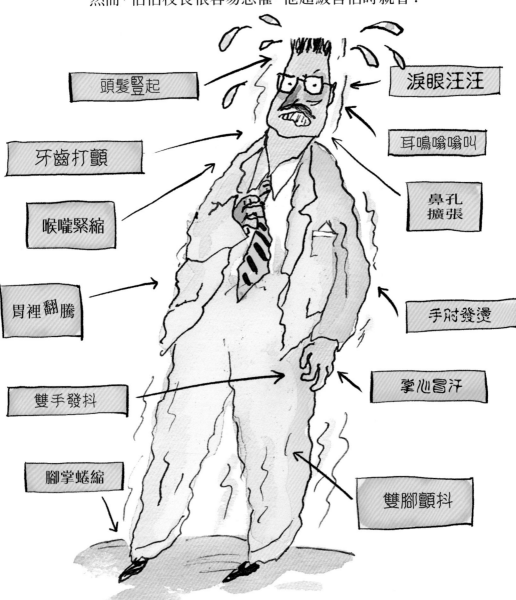

頭髮豎起

淚眼汪汪

牙齒打顫

耳鳴嗡嗡叫

喉嚨緊縮

鼻孔擴張

胃裡翻騰

手肘發燙

雙手發抖

掌心冒汗

腳掌蜷縮

雙腳顫抖

怕怕校長的恐懼

當怕怕校長感到巨大的恐懼，他會發出震懾全校的尖叫聲。

然後他就會跑去躲起來。這位校長的藏身處遍布在學校各處：

他的辦公桌底下

放打掃工具的櫃子

糟糕糕壞老師

躲在圖書館書架上一排書的後方

攀爬架
頂端

獎盃櫥櫃

低音大喇叭裡面

怕怕校長的恐懼

躲在失物招領籃裡面一堆
臭襪子的底下

臭毛毛！

餐廳歐巴桑的
圍裙底下

一堆**落葉**底下

抽屜裡面

怕怕校長會千方百計躲避他最害怕的東西。
那麼他最害怕的是什麼？
由我來揭曉，那就是……

小孩子！

沒錯——堂堂學校的校長居然非常害怕小孩子。

他怕的正是像你一樣的小孩。

但怎麼會這樣呢？老師怎麼會怕小孩呢？通常都是相反才對！小孩應該要怕老師！

偏偏這個故事不是這麼回事。

* * *

請跟著我一起回到過去，五十年前，回到這一切開始的那天。

那是怕怕先生當老師的第一天。

那年他才二十一歲，剛從師範學院畢業，準備步入社會。怕怕老師起初是代課老師，每當學校有老師請病假，他就會去幫忙代課。[51]

年紀輕輕的怕怕老師，完全不知道他第一天上班，是要到全世界數一數二的糟糕壞學校，那裡有著全世界數一數二的糟糕壞小孩！

地獄鐘聲屁孩
男子學校

51　或者很有可能是被學生逼瘋了！

怕怕校長的恐懼

在這所學校，如果它也能叫作學校的話。其實它比較像少年監獄，監獄就是把犯人集中管理的地方。在這裡，學生時常暴動；午餐時間，餐廳天天上演食物戰爭……

呸啦！

體育館也會發生賽跑打群架事件……

磅！蹦！砰！

科學教室爆炸層出不窮……

轟隆！

會在教室裡舉辦足球比賽……

劈哩啪啦！

藝術教室被顏料塗得到處都是⋯⋯

廁所的天花板，會黏著好幾坨溼透的衛生紙⋯⋯

淅瀝！

音樂教室充斥著刺耳的重金屬樂音⋯⋯

登！登！登！

走廊會進行滑板競賽⋯⋯

水池裡會有從當地動物園「借

來」的鱷魚游來游去⋯⋯

啪嚓！

還會有學生拿餐盤當雪橇在樓梯

上滑行⋯⋯

餐廳歐巴桑會被綁在足球門框上⋯⋯

「救命！」

怕怕校長的恐懼

不用說，地獄鐘聲的老師都在這間學校待得不久，他們平均任教的時間只有兩天。兩天就足以讓任何一位老師嚇得屁滾尿流！

「好可怕！太可怕了！」他們會一邊逃命一邊放聲大叫。

真的倒不如快逃。

年輕的怕怕老師完全不知道**地獄鐘聲**如此惡名昭彰，他只知道早上醒來接到一通電話，請他接替歷史老師米德馬納的工作。在**地獄鐘聲**難得一次的校外教學活動中，米德馬納老師帶學生到中世紀古堡參觀，結果就此神祕地消失了。[52]

就在這個決定性的早晨，怕怕老師充滿自信地走進**地獄鐘聲**的歷史教室，手裡的閃閃發亮的公事包隨著步伐搖擺，他的腋下夾著雨傘，嘴裡哼唱著愉快的曲調。

「答—滴—答—滴—答……」

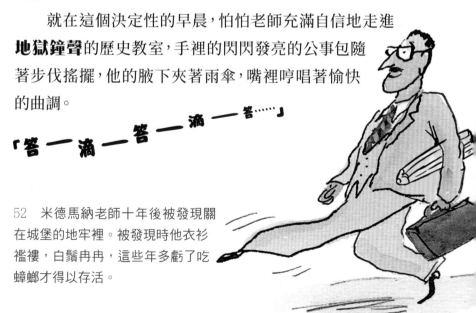

52 米德馬納老師十年後被發現關在城堡的地牢裡。被發現時他衣衫襤褸，白鬍冉冉，這些年多虧了吃蟑螂才得以存活。

糟糕壞老師

到學校授課任教是他在師院苦讀多年才有的傲人成就,他終於成為完全合格的老師了!他準備好改變學子的人生、給予年輕人建言,並為一代又一代的孩子樹立典範。這位老師深呼吸一口氣,綻出大大的笑容,推開教室門。

可憐的老師一個字都還沒說出口,一桶卡士達醬就從門頂落下。

匡啷!**唰啦!**

怕怕老師從頭到腳都被濃稠的黃色黏液裹住,不僅如此,還同時被三十位恐怖分子指指點點、大聲嘲笑。

「哈!**哈!**哈!」

地獄鐘聲的男孩們外表看起來嚇人,宛如一輩子都在叢林裡過著野人般的生活,由一群人猿撫養長大。

怕怕校長的恐懼

他們的長髮從來不洗……

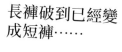

長褲破到已經變
成短褲……

膝蓋受傷結痂……

鞋子磨損……

襯衫又髒又破……

領帶套在頭上……

眼鏡破裂……

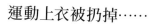

運動上衣被扔掉……

眼睛被打到腫成黑輪……

牙齒殘缺……

※糟※糕 壞老師

可憐的怕怕老師全身裹著卡士達醬，差點痛哭失聲，但他覺得最好不要有任何反應。因為這些**小惡棍**想看的正是最新受害者大哭，或大吼大叫，或直接轉身逃出教室。

因此，怕怕老師決定徹底不理會剛剛發生的事。

他走到黑板前……

嘎吱！嘎吱！嘎吱！

然後轉身面對全班。

「早……早……早……安……安……安。」

他開口說道。

不！他在心裡吶喊著。

他的聲音尖銳並且顫抖著，因為他實在**太太太太太太**太太太緊張了。

就在這時，一隻馬桶疏通器突然破空飛來……

咻咻咻！

正巧打中並吸附在——**磅！**——他的額頭上。

噗通！

學生們笑得前仰後合。「哈！**哈**！哈！」

怕怕校長的恐懼

　　怕怕老師再度選擇不予理會。這位新來的老師裝作一切正常，準備開始上課。以全身都是卡士達醬的狀態，額頭還插著一根馬桶疏通器。他冷靜地放下公事包，拿起一根粉筆。

他發現黑板上布滿粗魯無比的髒話……

他迅速把這些字全擦掉。我擦！我擦！我擦擦擦！

接下來，他開始用粉筆在黑板上寫自己的名字。

但是他實在太太太太太太太太太緊張了，他的手不停發抖。

抖！晃！抖抖抖！

粉筆敲擊在黑板上。

答！答！答！

他就是沒辦法讓手穩定下來。

於是，他把自己的名字「怕怕老師」，最後卻潦草得寫成：

便便老太太

怕怕老師轉身向學生展示他剛才潦草寫下的名字，這群小惡魔再度爆笑出聲。

「哈！哈！哈！」

怕怕校長的恐懼

馬上學生們就以此稱呼他：「早安，便便老太太！**哈！**哈！哈！」

對小孩來說，這件事實在好笑到不行，因為聽起來就很好笑，不知道為什麼，小孩只要聽見跟大便有關的事就會一直、一直、一直笑。[53]

怕怕老師壓根不知這個只是他被**地獄鐘聲**學生凌虐的開端。

「**我我我我我，那個從今今今今今天開始，接接接接接接接替米米米米米米米米……**」這位老師真的**太太太太太太太太**太太太太太太緊張了，可憐的人完全沒辦法好好說話。

「米飯老師嗎？」猛哥問道，他坐在最後一排，是全班最吵鬧的一個。

「哈！哈！哈！」

「**不不不不不不不不不不是**，是米……」

「獼猴肚肚老師嗎？」杜比問道，他坐在接近後排的座位，是全班第二吵鬧的孩子。

「哈！哈！哈！」

「**不不不不不是！不不不不不不不不不是**，是米……」

「米地屁屁老師嗎？」另一個學生說道。

謝天謝地，我利用大便開玩笑打造了事業版圖。

米糕米羔壞老師

「哈!哈!哈!」

「不不不不不不不不不不不不是!」

「米粉與米糕老師嗎?」

「哈!哈!哈!」

「不不不不不不不不不不不不是!」

「米蟲老師嗎?」

「哈!哈!哈!」

可憐的怕怕老師再也受不了這種凌虐了。

「不不不是是是是是是是是是是是是是是是是是是是是是是!」他放聲尖叫。

聲音大到連牆壁都在晃。

教室裡終於安靜了下來,這還是本校多年來頭一遭。

可惜這片刻寧靜無法持續。

在這榮耀輝煌的瞬間,怕怕老師相信自己終於贏得學生的尊敬。

真是大錯特錯。

全班打趣地驚呼道。

怕怕校長的恐懼

「別鬧了，安靜！」老師命令。

在猛哥帶頭起鬨下，這群恐怖分子開始一字不漏地重複新代課老師講的話。

別鬧了，安靜！

大家齊聲附和。

老師搖搖頭，翻個白眼。

「這樣真的很蠢。」

這樣真的很蠢！

「不要再重複我講的每句話！」

不要再重複我講的每句話！

「好！到此為止！我受夠了！」

好！到此為止！我受夠了！

怕怕老師再也受不了，只好閉上眼睛。

一閉上眼，馬上感覺到一顆番茄砸到他臉上爆開。

「哈！哈！哈！」

「不准說是我丟的！」有人嘶聲說道。

「沒問題，杜比。」有人應聲答道。

「喂！老兄！」

怕怕老師張開眼睛，慢條斯理地開口說話。

「孩子們，我要跟你們說些事，我知道這一點也不酷，也不時髦，但我當老師是為了讓這個世界更美好。你們就是未來，如果我能讓你們奮發向上，拿出最好的表現，哪怕只有一個人做得到，我也會倍感安慰。」

他愈說愈起勁，聲音也愈來愈大。

「所以，來吧，同學們，誰要跟我一起？誰想要展現自己最好的一面？誰想學習……工業革命？」

男孩們一躍而起，大聲喝采。他們齊聲叫道：

好！

老師的眼中泛起驕傲的淚水，他成功改造這群怪獸學生了！

「老師？」猛哥開口。「我想代表全班向您致意，我們打從內心深處和屁眼感謝您循循善誘，啟發我們。」

怕怕校長的恐懼

「我非常樂意這麼做。」怕怕老師感動得喉嚨沙啞。
「那麼我們就開始上這節歷史課吧！大家翻開一七六〇年
至一八四〇年人類邁向全新工業製程的里程碑！用心學習！
努力成長！同學們，讓我們一起伸手摘下耀眼的
星辰！」

大家一起努力！　　　　全班紛紛響應。

「我們等不及要學習蒸汽和水力的普及運用、
機械設備的發展，以及機械化工廠系統的興起！」
猛哥高聲宣布。

「沒錯！」
怕怕老師激動地朝
空中揮拳。

糟糕透了壞老師

「那麼老師，您趕快坐下，我們就可以開始上課了！」

猛哥的臉浮現猙獰的笑容，全班同學也一個一個露出竊笑。

「同學們！大家一起好好上課！」怕怕老師宣布，一屁股坐到椅子上。

咚！

瞬間他但願自己沒這麼衝動。這群恐怖分子在上面放了幾百個圖釘！[54]

刺！刺！刺！刺！刺！刺！

「哎喳喂呀要死啦！」

怕怕老師聲嘶力竭地尖叫。要是幾百個圖釘刺進你的屁股，你也會這樣。

「哈！哈！哈！」

老師痛不欲生，在教室裡逃竄，踮腳跳來跳去。

跳！彈！跳跳跳！用力跳！

但沒有用。

彈跳也一樣沒有用。

咚！叮！咚！

54　請勿自行在家、學校或任何地方嘗試，沒有人喜歡屁股千瘡百孔。

怕怕校長的恐懼

他甚至側手翻都使出來了。

唉唷喂呀！

眼見老師又跳又翻滾的，讓那群小怪
獸笑得更開懷。

「哈！哈！哈！」

「我的屁眼好像著**火了**！」怕怕老

師衝向門口，一邊叫喊著。他不小心一腳踩進舊水
桶裡，卡住了！但他沒空管那麼多，帶著水桶狂奔。

哐當哐當！鏗鏘鏗鏘！匡啷匡啷！

「水！水！」他大叫。

他急速穿越長廊，所有恐怖分子都跟在
他後頭準備看好戲。怕怕老師緊抓著屁
股，找到最近的廁所，衝進第一個隔
間。情況刻不容緩，老師掀起坐墊，
一屁股跌坐在馬桶上。

「啊可啊可啊可啊可啊啊！」冷水浸潤他痛得像火燒的屁股，他滿足地鬆口氣。嘶嘶嘶！

這時要是有人經過，看見怕怕老師一定會目瞪口呆。只見他從頭到腳都是卡士達醬，臉上有顆砸得稀巴爛的番茄，額頭還被馬桶疏通器吸住，屁股更是深深塞進馬桶裡。

那群卑鄙的小傢伙很快就跟了過來，髒兮兮的小臉蛋一個接著一個在門邊探出頭來。

「哈！哈！哈！」所有人大笑出聲。

猛哥搖搖頭，跳出來管理秩序。

「安靜，同學！」他下令，同學們立刻安靜。

「很棒的演說啊，便便老太太。」

「謝謝你。」他喃喃說道，在生平最丟臉的這一刻，試圖不那麼難堪。

「便便老太太，我真的真的很抱歉發生這種事。」猛哥說道，他揪著胸口，表現出發自內心感到遺憾的樣子。

「其實沒什麼關係，嗯……你叫？」老師說道。

「猛哥。」

怕怕校長的恐懼

「猛哥，我想，意外難免會發生。」他接著說道，努力勇敢面對現實。

「但是，你第一天來**地獄鐘聲**教書就發生意外？嘖嘖嘖，運氣也太差了。便便老太太，你的屁股現在怎麼樣？」

「恐怕還是**燒燙燙**的，另外，我叫怕怕老師。」

「我就是這麼說的啊，便便老太太！」猛哥嘻笑答道。「也許你需要更多冷水。」

「哦，不，我覺得應該不——」

「老師，我來幫你吧！」

男孩說著伸手越過老師，按下沖水鈕。

窣！  嘩啦嘩啦！

「不！」怕怕老師驚聲喊道。

可憐的人一點挽救的機會都沒有，由於他的屁股塞得很深，馬桶強大的吸力把他整個人往下拖走。

呼啦呼啦？

「救命哪！」他高聲呼救。
但為時已晚。

怕怕老師被沖下馬桶了。

嘩啦啦！

旋　轉　？

咕嚕咕嚕！咕嚕咕嚕！咕嚕咕嚕！

「永別了！**便便老ㄎㄎ！**」

小惡棍們大聲喊叫著。

「哈！哈！哈！」

杜比露出惡魔般的獰笑，掏出口袋裡
的馬表。「怕怕老師在本校任教的
只有四分鐘十七秒！」

「刷新了最短時間紀錄！」猛哥宣布。「大家幹得好！」

「萬歲！」

這時，怕怕老師正被吸入
永無止盡的管線迷宮。

嘎吱！

咯吱！

軋嘎吱！

怕怕校長的恐懼

他終於可以浮上水面喘氣，但是他的額頭還插著那根馬桶疏通器。

「呼吁！」

怕怕老師這時才驚覺苗頭不對。

情況急轉直下。

糟到不能再糟了。

他竟然掉進污水處理廠。

這位老師只好在一個臭氣熏天的大便池裡游泳！

臭到不行！熏死人不償命！

「不不不不不不不不不不不不不不不不不不不不不不不不不不不不不不不！」他大叫。

從這決定性的一天開始，怕怕老師總是竭盡全力、不惜任何代價躲避學生。他認為，最迅速的方法就是成為校長，這樣他就可以整天躲在辦公室，埋頭批閱公文，不和任何一個小恐怖分子碰面。

就是像你這樣的小恐怖分子！

　　所以說，要是哪天你看見怕怕校長把自己鎖在置物櫃裡，或是鑽進樹籬當中，或是在足球場上拚命挖洞把自己埋起來，請不要忘了。

　　這不是他的錯，他只是太太太太太太太太太太太太太太太太太太太太太太太太害怕學生了。

　　畢竟怕怕校長曾經被學生沖進馬桶裡。

嘩啦啦！